LA

Du même auteur

Trois ans sur un banc, Québec Amérique, 2022.

La source et le roseau, Druide, 2021.

- **Finaliste aux Prix du Gouverneur général 2022**

Le Roitelet, Québec Amérique, 2021.

Sale temps pour les émotifs, Québec Amérique, 2019.

Archives de la joie, Québec Amérique, 2018.

J'attends Joséphine, Leméac, 2017.

Le projet Éternité, Leméac, 2016.

Objets trouvés dans la mémoire, Leméac, 2015.

Une enfance mal fermée, Leméac, 2015.

Fardeaux de mésanges, L'Hexagone, 2013.

Quelques pas dans l'éternité, Québec Amérique, 2013.

Le Hasard et la volonté, Québec Amérique, 2012.

Le temps qui m'est donné, Québec Amérique, 2010.

Cette année s'envole ma jeunesse, Québec Amérique, 2009.

- **Finaliste au Prix Ringuet 2010**
- **Finaliste aux Prix du Gouverneur général 2009**

Ceci est mon corps, Québec Amérique, 2008.

- **Finaliste aux Prix du Gouverneur général 2008**
- **Mention d'excellence de l'association des Écrivains francophones d'Amérique**

Quand les pierres se mirent à rêver, Le Noroît, 2007.

La Fabrication de l'aube, Québec Amérique, 2006; nouvelle édition, 2016.

- **Prix des libraires du Québec 2007**

Voici nos pas sur la terre, Le Noroît, 2006.

Le Jour des corneilles, roman, Les Allusifs, 2004; nouvelle édition, Québec Amérique, 2013.

- **Prix France-Québec / Jean Hamelin 2005**
- **Prix du livre francophone de l'année 2005, Issy-les-Moulineaux, France**
- **Finaliste au Prix des Cinq continents 2005**

Turkana Boy, Québec Amérique, 2004.

Le Petit Pont de la Louve, Québec Amérique, 2002.

Les Choses terrestres, Québec Amérique, 2001; nouvelle édition, 2017.

Mon père est une chaise, Québec Amérique, 2001.

Garage Molinari, Québec Amérique, 1999; nouvelle édition, 2017.

- **Finaliste au Prix France-Québec 1999**

Comme enfant je suis cuit, Québec Amérique, 1998; nouvelle édition, 2017.

Le vent léger

Projet dirigé par Marie-Noëlle Gagnon, éditrice

Conception graphique et mise en pages : Nathalie Caron
Révision linguistique : Sabrina Raymond
Photographie en couverture : photosaint / stock.adobe.com

Québec Amérique
7240, rue Saint-Hubert
Montréal (Québec) Canada H2R 2N1
Téléphone : 514 499-3000

Nous reconnaissons l'aide financière du gouvernement du Canada.

Nous remercions le Conseil des arts du Canada de son soutien.
We acknowledge the support of the Canada Council for the Arts.

Nous tenons également à remercier la SODEC pour son appui financier. Gouvernement du Québec – Programme de crédit d'impôt pour l'édition de livres – Gestion SODEC.

Canada Conseil des arts du Canada Canada Council for the Arts SODEC Québec

Catalogage avant publication de Bibliothèque et Archives nationales du Québec et Bibliothèque et Archives Canada

Titre : Le vent léger / Jean-François Beauchemin.
Noms : Beauchemin, Jean-François, auteur.
Collections : Collection Littérature d'Amérique.
Description : Mention de collection : Littérature d'Amérique
Identifiants : Canadiana (livre imprimé) 20230058736 |
Canadiana (livre numérique) 20230058744 |
ISBN 9782764451533 | ISBN 9782764451540 (PDF) |
ISBN 9782764451557 (EPUB)
Classification : LCC PS8553.E17176 V46 2023 | CDD C843/.54—dc23

Dépôt légal, Bibliothèque et Archives nationales du Québec, 2023
Dépôt légal, Bibliothèque et Archives du Canada, 2023

quebec-amerique.com

Imprimé au Canada

JEAN-FRANÇOIS BEAUCHEMIN

Le vent léger

Québec Amérique

Pour mes quatre frères, pour ma sœur

Rien n'est précaire comme vivre
Rien comme être n'est passager
C'est un peu fondre pour le givre
Et pour le vent être léger

Louis Aragon

La famille Cresson en mille-neuf-cent-soixante-et-onze :
La mère, quarante ans
Le père, quarante-et-un ans
Enzo, dix-sept ans
Léonard, quinze ans
Zelda, treize ans
Elliot, onze ans
Arthur, neuf ans
Zénon, six ans

1

Un matin de l'été mille-neuf-cent-soixante-cinq, peu après le passage de la benne à ordures, la verroterie des dernières étoiles a cessé de scintiller, et la nuit noire du monde a majestueusement cédé sa place aux rayons poétiques et très anciens du soleil. À peine plus tard, le jardin jouxtant la remise, avec ses zinnias aussi colorés que des oiseaux, s'est avancé de quelques pieds, le ciel a pivoté sur lui-même dans un petit bruit d'essieu, puis j'ai installé en plcin milieu de l'allée la vieille caisse à oranges descendue du grenier. Alors, Enzo, le plus vieux de la famille (onze ans), est monté dessus et a lu pour nous son discours très émouvant, écrit très phonétiquement, sur la beauté des êtres et des choses. Ensuite la vie a passé durant quelques heures et nous avons attendu, petits enfants frétillants et attendris, que quelques nouvelles fraîches nous parviennent. Finalement le téléphone a sonné et, quand Enzo a décroché, nous nous sommes agglutinés tous les cinq autour du combiné, c'était papa qui de l'hôpital nous annonçait que notre petit frère Zénon, le dernier d'entre nous, venait de naître. À présent que nous étions enfin tous réunis, notre histoire pouvait commencer.

2

Au début la vie restait facile et c'était presque toujours l'été. De temps à autre, nous nous entassions dans la Chevrolet Bel Air mille-neuf-cent-soixante-et-un et maman nous emmenait chez Woolco renouveler notre modeste garde-robe. Le samedi, elle nous préparait quelques sandwiches et nous allions tous les six pique-niquer dans les collines qui agrémentaient, derrière la maison, le paysage de ce pays. Notre petite troupe de jeunes gens débonnaires, dotés d'une espèce de force tendre, s'accordait à la nature environnante. Nous sentions, Enzo, Zelda, Elliot, Arthur, Zénon et moi-même, se consumer dans nos corps un impérieux soleil, et se déplacer dans nos esprits les ombres au fur et à mesure que le jour progressait. Nous parlions beaucoup, mais, peut-être parce que nous étions nouveaux dans le monde, nous préférions écouter. Je ne sais trop comment le dire, mais je songe parfois, en y repensant aujourd'hui, à Ernest Hemingway, dont les fréquents recours à la litote servaient admirablement son constant souci de dire moins pour laisser entendre davantage. Parfois aussi nous nous taisions carrément, et alors on pouvait entendre au milieu du silence de la campagne le chœur des moineaux domestiques répéter ses grands succès. À la maison, ce qui nous rendait le plus heureux, c'était lorsque notre père rentrait de son travail chez Steinberg avec des livres que son patron lui avait offerts à notre intention. « Ils ont été achetés en solde, mais c'est de la qualité, disait papa. Ça vient de la librairie Dussault, à Montréal. » Sauf Zénon, qui commençait à peine l'école et se contentait de regarder les images, nous consacrions alors quelques jours à la lecture, puis nous retournions aux affaires courantes : observation du ciel, imitation des oiseaux naviguant aux instruments, promenades dans les collines, discussions avec papa dans l'atelier, visites chez le fermier Bertin, développement d'un certain art de la fainéantise.

3

Papa avait une formidable collection de disques et chantait dans la chorale de l'église Saint-Elzéar. Les dimanches midi, en attendant qu'il rentre de la messe de onze heures, où ses services de baryton étaient requis, maman découpait en tranches le rôti et préparait la purée de navets. Mes frères, ma sœur et moi détestions la purée de navets, mais nous pardonnions à maman parce que nous nous sentions aimés par elle et que nos jeunes cœurs étaient, en définitive, plus avides que nos estomacs. À la fin, notre père franchissait le pas de la porte en citant Nietzsche : « Je ne croirais pas à un Dieu qui ne saurait pas danser ! », puis, là, au milieu de la cuisine, il entraînait maman dans une sorte de valse à gogo en entonnant un lied de Jean-Sébastien Bach. J'entends encore, des décennies plus tard, papa répéter cette phrase pour moi si réjouissante, témoignant d'une profonde compréhension de la vie humaine : « Il y a l'art, mais attention, il y a la rigolade aussi ! » Ce sera une histoire de cette nature : avec des rires, du sérieux, un lyrisme journalier et, par moments, assez visiblement écrite à l'oreille. C'est que, parfois, l'important n'est pas tellement dans ce qu'on lit, il me semble, mais, comme l'aurait dit papa, dans ce qu'on entend.

4

Une fois le cercueil bien enfoui et, dans les registres du village, la mention *décédé* officiellement apposée par le maire sous le nom de grand-papa, nous sommes rentrés à la maison par les routes de campagne, pressés les uns contre les autres dans la Chevrolet Bel Air. J'avais eu mes quatorze ans quelques jours plus tôt, et je sentais se déployer en moi mes premières sensibilités aux grandes attitudes immobiles de la terre, aux impénétrables beautés animales. Au-dessus des pâturages, la joue pâle du ciel venait s'appuyer aux bêtes encore debout même à cette heure avancée. Dans les hameaux que nous traversions, l'odeur du crottin dans les rues m'émouvait aux larmes. Maman, qui avait beaucoup aimé son père, ne se laissait pas démonter. « Bien que ce soit un jour de pleurs, de souffrances et d'imposante tristesse pour nos cœurs et nos esprits, a-t-elle déclaré en se tournant vers nous, ce n'est pas une raison pour ne pas aimer vivre. Aussitôt que nous serons chez nous, je préparerai une tarte. » Ce fut peut-être mon premier vrai contact avec le courage et la ferveur. Ce qui me pousse à le croire c'est que, encore à présent, chaque fois que je cherche à vaincre ma peur ou ma douleur, je repense à notre mère et à sa tarte de deuil.

5

Mon grand-père justement avait répandu toute sa vie cette légende jamais démentie: « Un jour, dans la petite vallée où nous avions notre ferme, le grand char du vent, passant en trombe dans le pacage, a soulevé notre plus grosse vache et l'a déposée sur le toit de la grange. Parce qu'il ne disposait pas d'une grue, mon père a dû grimper là-haut avec sa scie et découper la portion du toit où reposait l'animal. Aussitôt la dernière planche sectionnée, la vache a traversé le grenier à la verticale pour aller lourdement finir sa course dans l'énorme tas de foin aménagé sur le plancher du bâtiment. » Voici ce que j'en pense: ça ne s'est pas passé comme ça. Mais je considère cette histoire merveilleuse comme étant l'origine familiale de notre intérêt pour un usage, disons, poétique de la vie, et pour une certaine refonte du réel appuyée aux ressorts de l'imagination, à sa cause agissante, sa force occulte et morale.

6

Presque toute notre pensée s'expliquait par la joie. La malchance, les éraflures aux genoux, les effondrements, certains ciels de catastrophe, les portes refermées sur la nuit noire, rien de tout ça ne venait à bout de notre émerveillement devant le spectacle d'un renard croisant notre chemin dans le sentier, de la courbe harmonieuse d'une colline, ou d'une étoile placée à la verticale de la maison. Maman, qui s'étonnait de notre prédisposition pour le bonheur, allait trouver notre père au salon et lui demandait, intriguée et réjouie : « Mais comment est-ce possible ? On dirait que la tristesse n'a pas de prise sur eux. » Papa, initié par Nietzsche aux subtilités philosophiques, répondait : « Oh, fie-toi sur moi : ils peuvent être tristes, plus tristes qu'un jour de pluie. Seulement, la beauté les guérit de tout. » Je suis heureux de le confirmer : statistiquement, lorsque nous nous exprimions sur les grandes questions existentielles, nous nous trompions trois fois sur quatre. Mais concernant la place et le rôle de la beauté et du bonheur dans la personne humaine, nous étions très sûrs de ce que nous avancions.

7

Rien ne nous plaisait davantage que d'écouter papa nous parler du mariage. Nous nous rassemblions autour de lui et le chauffions de questions. « À la mairie, commençait-il, c'est le fermier Bertin qui a été notre témoin (et le seul invité à la petite réception tenue ensuite ici même, dans le jardin). C'était une journée de fin d'été pleine d'une joie rayonnante, d'oiseaux dans les arbres, de musique et de chants. J'en ai profité pour lire, debout sur la caisse à oranges, quelques-uns des meilleurs passages de *Ainsi parlait Zarathoustra*. Mais ce dont nous nous rappelons surtout, votre mère et moi, c'est l'odeur du foin coupé, le vent qui dans les branches faisait son doux bruit de soie froissée, le ciel bleu qui au-dessus de la maison luisait plus qu'à son habitude. » Nous écoutions ces paroles, et, parce que nous aimions exploiter toutes les possibilités du réel, nous y ajoutions en pensée nos propres éléments, par exemple des chevreuils et des chèvres venus entendre notre père lire les pages de Nietzsche, les nouveaux mariés riant aux éclats pendant les épreuves de chaussures non lacées, la nature qui ressemble à une aurore avec son enseigne lumineuse, et, à distance, deux ou trois anges qui passent dans le ciel luisant avec leurs trompettes et leurs beaux blazers à rayures sur le dos. « Mais voici un détail à méditer, nous dit un jour papa.

Quelque temps après la noce, votre mère est venue me trouver dans le salon. Elle se disait troublée et inquiète au sujet de son rôle d'épouse, dont elle ignorait tout, et surtout de ce qu'elle appelait sa *liberté perdue*. Ce à quoi j'ai répondu que c'était très simple, qu'elle n'avait qu'à faire ce qu'elle avait envie de faire. Elle s'est alors mise à faire ce qu'elle avait envie de faire, ce qui, pour dire les choses carrément, ne différait en rien de sa façon habituelle. L'important est qu'elle ne s'est jamais plus souciée de sa liberté, d'ailleurs jamais perdue. »

8

C'était un matin comme il y en a tant dans cette campagne profonde où nos parents avaient choisi de vivre et d'élever leur famille. Les feuilles remuaient sur la maison avec une sorte de douceur songeuse, et là-haut le gros engrenage du soleil commençait à déplacer latéralement la lumière. Ringo, notre bouc chevelu, mâchouillait plus pensivement que d'habitude l'herbe de la pelouse. On sentait, à la façon dont le monde bougeait sur son axe, que l'éternel été de notre innocence n'allait plus continuer très longtemps. Je vais peut-être dire une sottise, mais le pommier lui-même paraissait plus introspectif, et on comprenait qu'à présent dans les branches la constante et grande aventure estivale des fruits touchait à sa fin. Il était à peine six heures quand je suis allé secouer mon frère Arthur dans son lit pour lui parler des collines et du ciel entremêlant leurs feux célestes. Lorsqu'il a été bien réveillé je lui ai demandé : « Crois-tu que la matière se donne tout ce mal pour rien, que la vie déploie sous nos yeux ébahis tant de beauté pour à la fin se terminer bêtement et pour de bon ? » Mon frère, qui dans l'ensemble était un pragmatique, n'avait pas ma sensibilité de jeune biche. « Oui, m'a-t-il dit. Je crois que la beauté ne prouve rien, qu'elle ne nous avertit de rien. Maintenant, retourne te coucher. » Alors je suis sorti de la maison et je suis allé ramasser un peu de bois mort pour le feu de camp. Ensuite je me suis assis autour du petit cercle de pierres noircies, et devant les flammes j'ai observé une dernière fois le ciel rose lentement secouer sa grande bâche pleine d'étoiles pâlies.

9

Quelques jours plus tard, le diagnostic est tombé. Alors nous avons vu la nature bouger de deux ou trois degrés vers la droite, puis le cancer a lentement commencé à organiser son existence parmi nous. Du temps avait passé, on était maintenant en juin mille-neuf-cent-soixante-dix, et au moment même où le tout premier épisode du téléroman *Les Berger* était diffusé à Télé-Métropole, des millions de cellules anarchiques envahissaient la moelle osseuse puis le sang de maman. Heureusement, la cohésion très instinctive de cette famille si peu douée pour la tragédie continuait à faire sur notre pensée et sur nos jeunes corps son effet de forge, agissait en nous sur le métal souple d'une espèce de bonheur. Je ne dis pas que ce bonheur était inaltérable et qu'il ne se courbait pas sous les coups de la terrible nouvelle qui venait de nous parvenir. Il continuait à vrai dire de se métamorphoser chaque jour. Mais justement parce qu'il s'adaptait et se modifiait toujours, il éclairait sans relâche nos pas. Et cependant, oui, le cancer lentement s'installait dans la famille, et c'est pourquoi à partir d'ici l'histoire que je raconte aura tendance à devenir plus grave, et c'est pourquoi aussi le monde lui-même et son activité fourmillante se mêleront à cette histoire, je n'y peux rien, c'est ainsi que les choses se sont produites, comme si le réel tout à coup nous recouvrait de sa grande ombre et que le bonheur et sa lumière devenaient plus difficiles à maintenir en place.

10

Le 14 juillet, le chanteur basque espagnol Luis Mariano est mort à Paris à la suite d'une hémorragie cérébrale. Entre le 15 et le 22, notre père, qui vouait à ce chanteur une réelle admiration, a fait jouer en boucle sur le pick-up portatif toutes les chansons de l'opérette *La Belle de Cadix*, dans laquelle ce bon vieux Luis tenait le premier rôle (Carlos, amoureux fou de Maria-Luisa). « C'était un prince », répétait papa, une larme à l'œil. Et pendant que dans la maison résonnait la voix du célèbre ténor, des dizaines de milliers de fans partout dans le monde pleuraient eux aussi la disparition de leur idole. Sa mort ne nous émouvait quant à nous pas tellement, mais nous nous attendrissions beaucoup, en revanche, en écoutant papa nous raconter ceci : « Luis Mariano n'aura aimé qu'une seule femme : l'actrice française Martine Carol, qui a été, jusqu'à l'arrivée de Brigitte Bardot il y a quatorze ans, la star française la plus célèbre et la plus populaire des années mille-neuf-cent-cinquante. C'était une beauté rare. » Rassemblés en demi-cercle autour de notre père, suspendus à ses lèvres, nous faisions mentalement le parallèle émouvant entre ce couple-là et nos parents, un chanteur et une star, notre étoile à nous, notre belle étoile filante, dont nous sentions confusément, désormais, la cruelle brièveté du destin.

11

En nous éveillant le matin, nous nous tâtions les côtes pour nous assurer qu'il n'y avait rien de déplacé dans l'espace clos de ces six petits corps. Papa, ce grand érudit à lunettes, nous apprenait à l'époque que ces corps, comme d'ailleurs toutes choses connues et inconnues, étaient un «assemblage d'atomes issus du ciel», façon imagée de dire que rien ne se perd et rien ne se crée, mais que tout se transforme. Notre sentiment général était que, puisque le ciel chaque nuit éparpillait ses étoiles, un phénomène semblable devait forcément, et au même instant, avoir lieu en nous. L'idée en tout cas que nous transportions ainsi une portion de firmament nous emplissait d'une joie thermique et, par instants, presque solaire. Bien plus tard, quand nous allions finalement et au prix de pas mal de contorsions entrer dans la vie adulte, la plupart d'entre nous allaient cesser de s'inquiéter pour leur corps, mais notre regard se tournerait encore plus passionnément vers le ciel. Le scientisme philosophique que papa avait espéré nous transmettre en souffrirait un peu, c'est vrai, mais l'étude des objets célestes nous aura en revanche beaucoup formés, disons, esthétiquement, d'où en ce qui me concerne cette habitude de mettre dans les phrases des éléments non essentiels à leur logique, mais en revanche très décoratifs.

12

Souvent, le soir, nous entendions résonner dans les collines la voix de grand-papa, pourtant mort et enterré en bonne et due forme, comme on le sait. Ça sera une autre tendance stable dans cette histoire, parce que c'en était une dans nos esprits : la présence fantomatique du père de notre mère nous appelant de derrière les collines, ou peut-être de derrière la vie, si on aime les images ambiguës. La plupart du temps ce n'était que la voix, mais il arrivait, quand l'heure était grave, que le corps tout entier nous apparaisse. Ça se passait principalement lorsque l'un d'entre nous réfléchissait tout haut à l'un ou l'autre de ces sujets brûlants : les ébouriffantes expressions du destin, les profondes dispositions de la nature, le sentiment intuitif d'une certaine énigme du monde. N'allons pas penser pour autant que nous entendions la voix de grand-père aussi clairement que s'il était dans la pièce à côté, à fumer ses cigares bien roulés. Mais, comment dire, nous l'entendions comme on écoute dans les derniers jours de l'été le carillon de l'église, ou la chanson nocturne et mélancolique des scarabées. Je ne sais pas si vous en avez vu déjà, dans les vignes, ou vautrés dans la matière en décomposition de certains arbres abattus. La plupart ont une carapace sombre et brillante comme une chaussure bien cirée. Ce qui les distingue, ce sont leurs antennes en forme de marteau et, pour certaines variétés, leurs longues cornes dentelées qu'ils brandissent pour vous impressionner. Toujours est-il que nous entendions la voix de grand-papa, pourquoi, nous l'ignorions entièrement. Nous étions ces six très jeunes gens attroupés à la fenêtre, tendant l'oreille sur l'infini, méditant devant un ciel étourdi d'étoiles. Nous nous efforcions, comme papa et maman nous l'enseignaient chaque jour, de rester réalistes. Et cependant nous entendions la voix, nous l'entendions, on ne peut pas le contester.

13

Papa avait apporté quelques changements architecturaux à la remise afin d'y aménager un petit atelier d'ébénisterie. Il y passait deux ou trois soirées par semaine, qu'il consacrait à la confection de chaises. Pourquoi ne fabriquait-il *que* des chaises, nul ne le sut jamais vraiment, y compris lui-même, je dirais. Vêtus de nos pyjamas, nous allions le visiter, parfois, avant d'aller au lit. Nous l'observions façonner les pièces de bois, les chantourner, les incurver ou simplement les coller les unes aux autres avec cette colle de menuisier dont les effluves robustes pavaient la voie, dans nos jeunes cerveaux, aux songes aperçus plus tard dans le sommeil. Dans un coin, le pick-up portatif emplissait l'espace de musique. Nous aimions plus que tout ce passage de la chanson de Julos Beaucarne où ça disait *Je voudrais garder ma vie telle qu'elle est, telle qu'elle est ainsi*, parce qu'alors nous avions le sentiment que toute notre existence était résumée dans ces quatorze mots-là. Puis papa reprenait son rabot, et quelques copeaux de bois étaient encore répandus sur le plancher. Quand il quittait des yeux son ouvrage et qu'il levait un peu la tête, il disait : « Oh, regardez, les enfants ! », et par la fenêtre barbouillée de sciure on voyait la lune dans son vieux complet démodé. De la nuit montait toujours une grande crue de douceur, avec au loin, il me semble, les rires de ces gens de métier appelés en renfort pour restaurer le papier peint de nos cœurs. Parfois vous n'avez pas le choix : il faut pour parler avec un maximum d'exactitude s'exprimer en termes plus ou moins poétiques. Je ne veux pas laisser croire qu'à mon avis le langage courant est insuffisant, soyons sérieux. Mais on sent bien à certains moments que le réel cherche un passage, et que par quelque interstice du temps et de l'espace quelque chose de plus vaste veut sourdre.

14

En octobre, les gens du Front de libération du Québec ont kidnappé l'attaché commercial du Royaume-Uni, James Richard Cross, et le ministre provincial du Travail Pierre Laporte. Le matin où monsieur Laporte a été retrouvé mort dans le coffre d'une auto, les globules rouges dans les veines de maman ont atteint pour la première fois un taux si bas que l'anémie s'est mise de la partie, et alors en quelques heures à peine notre mère est devenue d'une pâleur franchement effrayante. Nous étions autour d'elle comme des lampions, pleins d'une matière combustible avec une mèche, pour jeter si possible un peu de lumière et de chaleur sur ce visage tout à coup si spectral. Dans la soirée son cœur a commencé à palpiter, ce qui, venant d'une personne si aimante, ne nous étonnait pas tant, sauf que c'était un autre effet de l'anémie. Enzo s'était procuré avec son argent de poche un passionnant traité d'anatomie humaine comparée. Vous trouviez, en annexe, une description assez détaillée des plus sales maladies. Le soir, quand nous n'étions pas dans l'atelier avec papa, nous parcourions l'annexe en question à la recherche d'informations capables de calmer notre angoisse et d'effacer de nos esprits l'image poignante de maman morte, blanche comme le sel. Mais nous apprenions que la prochaine étape allait être l'apparition de symptômes plus terribles encore : déficit d'oxygénation de l'encéphale, acouphènes, phosphènes, mouches volantes ou papillons devant les yeux. Doux Jésus ! pensions-nous, atterrés. Une fois, Elliot a prononcé ces paroles sages : « Je vote pour que nous commencions dès aujourd'hui à développer je ne sais comment notre courage, car je sens que nous en aurons besoin. » Et avant que, dans un léger bruit de poulie, la lune ne monte au ciel, la motion était adoptée.

15

Papa s'inquiétait bien sûr à propos de cette histoire de globules rouges, mais il restait pour l'instant remarquablement maître de lui-même. Il atteignait cet âge pour lui tant attendu où il pouvait regarder sa vie en perspective, la juger, y apporter les retouches nécessaires. Il comptait pour ce bénéfique coup de pinceau, ou de ciseau, sur sa longue habitude du bonheur. Je ne dis pas qu'il n'avait jamais été malheureux. Seulement, le chagrin, la souffrance, le déplaisir et l'ennui lui avaient appris la patience, l'art de l'attente, et une forme de courage sensible qui l'avaient petit à petit conduit à la joie, à l'ardeur, à la vivacité et à cet esprit de fête qui le caractérisaient tant. Nous nous inspirions de son exemple, et tentions de nous rapprocher chaque jour un peu plus de cette vie, en somme sage, dont nous sentions en nous la palpitation. Mais nous étions trop jeunes : nous n'appliquions ses directives qu'une fois sur mille. Une sorte d'instinct nous dictait d'ailleurs de nous détourner de toute sagesse immodérée, peu faite pour notre âge. Et cependant le paysage se modifiait, et nous forçait, si on me permet une comparaison de portraitiste, à déplacer notre chevalet de quelques degrés, à reconsidérer l'angle sous lequel nous avions jusqu'ici accepté de regarder les choses. Je crois que nous n'étions au fond pas encore pleinement conscients de la présence du cancer parmi nous puisque, en dépit des globules qui n'en faisaient qu'à leur tête dans le sang de maman, une joie étrange continuait de nous habiter, qui n'était plus exactement le ravissement de l'enfance, mais qui n'était pas encore l'acceptation sereine de l'âge. Un lit simple s'aménageait en nous, où une pensée plus mûre allait bientôt se coucher. Plus notre désir de vivre augmentait, plus nous voyions croître notre capacité à observer, à écouter la nature aussi bien que les gens. Nous nous émerveillions face à la diversité de nos semblables, et nous nous étonnions plus que jamais de leur peu d'intérêt pour les difficiles questions de la vie en commun, de l'altruisme, d'un certain humanisme accessible et encourageant, et, dans un autre ordre d'idée, de leur peu de sens du mystère en général. Le plus souvent nous ressentions devant eux une sorte d'intérêt silencieux. À d'autres moments, nous nous amusions en leur compagnie et étions saisis d'un enthousiasme limpide, d'une gaieté qui encore un peu plus rehaussait nos vies. Et cependant, comme Elliot nous l'avait si justement recommandé, nous pressentions en quelque part obscure de nous-mêmes la nécessité de déployer notre courage, ou à tout le moins une forme de ténacité. Voilà, c'est ainsi que papa vieillissait, et que nous traversions notre première jeunesse.

16

Bien sûr papa n'inventait rien de nouveau, il n'était pas comme les frères Lumière et leur cinéma payant, ou comme cet homme de génie qui en 1810 fabriquait dans son atelier de Londres la première boîte de conserve. Nous nous disions que, dans un avenir très lointain, lorsque des gens songeraient à lui, ils diraient: « Tiens? N'est-ce pas ce type qui fabriquait des chaises et chantait dans la chorale de l'église Saint-Elzéar? » C'était un homme simple, et nous étions fiers de cette simplicité. Une fois, au village, papa a remporté le premier prix au concours *Scies et Marteaux* pour une de ses chaises. On peut dire que ça l'a rendu heureux, parce que ça n'est pas tous les jours que quelqu'un vous épingle une médaille sur le torse pour avoir créé quelque chose avec à ce point d'amour que ça se communique au corps lorsque vous vous assoyez dessus. Son discours devant le parterre de la mairie a commencé par ces mots: « Beaucoup d'hommes se pressent vers la lumière non pas pour mieux voir, mais pour mieux briller (Nietzsche). » Puis il a poursuivi en disant qu'il était de cette espèce d'hommes préférant rester dans l'ombre et façonner des chaises en écoutant, si possible, quelques trente-trois tours bien choisis. C'était très beau. Bien alignés sur le devant de la petite foule rassemblée là, nous avons applaudi à tout rompre notre père si humble et néanmoins décoré. Le lendemain, une journaliste du *Petit journal de Saint-Elzéar* est venue à la maison pour lui tirer quelques commentaires. Papa a parlé du sentier, des fleurs du jardin, du potager et des courges qu'il fallait faire pivoter d'un quart de tour pour maximiser leur exposition au soleil, ce genre de chose. Je crois qu'elle aurait voulu qu'il lui sorte une ou deux phrases inoubliables mais que voulez-vous, papa n'inventait rien de nouveau. Il faisait si beau et il était si bien, il songeait je présume aux tubes ecclésiastiques qu'il allait chanter à la messe de dimanche, et devait se dire que sa vie avec ses escaliers en colimaçon, ses lueurs circadiennes et ses abeilles dans les amélanchiers ne lui donnait aucune raison de croire à sa fin prochaine, ni à celle de maman et d'aucun d'entre nous, c'était on l'aura compris bien avant la venue du cancer dans la famille. En réalité il ne manquait de rien et avait tout le temps nécessaire, que pouvait-il dire et demander de plus ?

17

Aussi souvent que ses forces désormais hésitantes le lui permettaient, maman allait se promener rêveusement, sans but précis, dans le sentier traversant les collines. Elle y faisait peu de rencontres, à part de temps à autre l'une ou l'autre bête égarée, ou empruntant quelque raccourci entre deux chasses, ou peut-être deux rendez-vous. Les humains y étaient encore plus rares. Ceux qu'elle croisait étaient en général comme elle à bonne distance de leur jeunesse, et paraissaient encore plus qu'elle-même adeptes d'une sorte de rationalisme rêveur, accordant une nette priorité à la réalité humaine au détriment de la pensée abstraite. C'était connu : les jeunes gens en effet ne fréquentaient pas beaucoup ce secteur. Je crois qu'ils préféraient s'attarder dans le village, au comptoir nickelé du petit bistrot, ou encore en groupes sous le porche de l'auberge, ou sinon peut-être dans les granges avoisinantes, où les couples allongés dans le foin pouvaient au moins un moment se dérober aux regards indiscrets. Oh, mais revenons-en aux petites errances de maman dans les collines. Elle y mettait de l'ordre, je dirais, dans la matière mélancolique de son esprit, ces perspectives mobiles et très secrètes d'une femme tournée vers le ciel et qui, l'oreille dressée, écoutait dans les lointains la grande voix assourdie du temps. Car elle hébergeait une âme non pas décousue, mais, comment dire, disséminée, comme on le dit de certaines graines transportées par le vent léger, et qui restent longtemps ainsi transportées, suspendues entre ciel et terre. Elle tardait à entrer dans cette étape de la vie que papa, lui, avait atteinte depuis un moment, et qui fait que la conscience est en paix relative, et désormais assez détachée du monde pour enfin s'y intéresser lucidement, sans trop de prudence ni trop de légèreté. On comprenait qu'elle avançait dans l'existence de la même façon qu'elle marchait dans les collines : à pas lents, mais, puisqu'il y avait tant à penser, sans trop s'attarder aux merveilles qui l'entouraient : la campagne épaisse, oscillant de gauche à droite, le beau marbre antique du ciel, le soleil monté là-haut sur son perchoir à poules, la lumière d'octobre déjà rousse. En réalité, et si vous voulez mon avis, je crois qu'elle entendait déjà, venu de quelque endroit reculé de ce ciel, le bruit de la mort qui, à l'étage, déplaçait ses gros meubles.

18

Papa peut-être l'avait séduite avec une citation de Nietzsche, qui sait. Puis ils se sont revus un soir sous la grosse enseigne de l'atelier d'ébénisterie de notre autre grand-père, celui du côté paternel, qui, puisqu'il ne savait pas écrire, avait accroché au-dessus de la porte, sans aucune sorte d'inscription, une énorme égoïne. Ça se passait au début des années cinquante, la première rôtisserie St-Hubert venait d'être inaugurée, et nos futurs parents s'embrassaient pour la première fois, au son des criquets et de la scie de grand-papa qui coupait son bois dans la cour. C'est en tout cas en dessous de la scie suspendue au-dessus de leurs têtes qu'ils ont éprouvé en eux les premières poussées volcaniques du vrai amour. Ils avaient quoi, dix-neuf, vingt ans, et malgré leur timidité d'oisillon ils ont tout de suite eu l'un pour l'autre des pensées, des phrases et des impulsions pleines d'audace passionnée. Ils se sont mariés peu de temps après, puis papa a commencé sa carrière de fruits et légumes chez Steinberg, ponctuée les dimanches par sa participation à la chorale de l'église Saint-Elzéar. Ensuite nous sommes nés tous les six, à intervalles réguliers comme le voulait l'usage à cette époque. Ça s'est gâté en juillet mille-neuf-cent-soixante-dix tel que mentionné avant, lorsque le cancer est apparu dans la famille. À ce moment une blessure générale, confuse et domestique s'est fait sentir chez chacun, à gauche sous les côtes. En tout cas, depuis, chaque fois que j'entends le bruit d'une scie, j'ai l'impression que c'est mon cœur qu'on coupe en deux sur la largeur. Mais je ne souhaite pas parler de moi-même, ce que je voudrais, mais sans forcer personne, c'est qu'on retienne surtout ceci : il faut aimer, aimer de toutes ses forces, à tort et à travers. Et si l'amour cesse, il faut recommencer ailleurs, malgré les bruits de scie.

19

Notre père se prenait pour un poète. Il écrivait chaque jour une écrasante quantité de vers absolument nuls, qu'il croyait utile de nous réciter. À table, après le déjeuner et juste avant notre départ pour l'école, nous le voyions avec consternation s'éclaircir la voix puis sortir de la poche de son veston un bout de papier noirci de son ennuyeuse limonade littéraire. Maman écoutait poliment tandis que nous luttions pour ne pas retomber dans le sommeil à peine quitté. Mais nous ne l'interrompions pas, parce que nous devinions en lui le mouvement des engins de levage, des roues à jante nécessaires au mécanisme de sa joie. Nous poursuivions notre tâche de petits enfants élevés dans l'idée du nécessaire épanouissement de l'être. Puis par la fenêtre nous parvenait enfin le bruit du klaxon de l'autobus scolaire, c'était le signal qu'il nous fallait déguerpir, ce que nous nous empressions de faire, sac au dos. Dans l'autobus jaune, nous cherchions pendant tout le trajet à préciser le pressentiment qui s'emparait de nous. Silencieux tout à coup, nous scrutions le ciel et ses grands espaces bien aménagés. Nous sentions, oui, nous sentions en nous une douleur près de l'âme, mais nous savions que la poésie de papa n'y était pour rien. Ce que je comprends à présent, c'est que le cancer, déjà, nous avertissait de son arrivée prochaine et du malheur qui allait s'abattre sur cette maison par ailleurs si pénétrée de gaieté et de chants. Pourtant nous n'étions pas plus qu'aujourd'hui dotés d'une lucidité supraconsciente, mais enfin, c'est ce qui nous hantait en ce temps-là.

20

Parfois, dans l'atelier, papa écoutait ce slow magnifique, *Nights in White Satin*, des Moody Blues, et il se mettait à pleurer. Ensuite il se mouchait puis disait: « La vie est une splendeur ! » Et alors il allait puiser sur l'étagère son exemplaire tout écorné des *Fleurs du mal*, se tournait vers nous et citait Charles Baudelaire: *Ta tête, ton geste, ton air sont beaux comme un beau paysage…* Il s'émouvait encore, l'un de nous lui tendait un nouveau mouchoir, puis il nous expliquait: « Pourquoi deux fois *beau* dans ce poème ? Parce que c'est simple, et équilibré. Il ne faut pas avoir peur de la répétition. Au contraire, c'est elle qui fait l'équilibre de la phrase. » Et sans le dire nous pensions simultanément la même chose: ce n'est pas de syntaxe ou de figure de style dont il parle, c'est de notre vie en famille.

21

Et maintenant j'aborderai un sujet de fond, à savoir : la mort. La probabilité que maman meure à moyen terme nous est apparue de manière concrète et brutale le jour où elle et papa sont revenus du bureau du médecin avec leurs faces d'enterrement. À cause de l'anémie, nous nous étions plutôt habitués au visage blême de notre mère, mais quelle surprise de voir tout à coup sur celui de papa cette même lividité de spectre qui n'en croit pas ses oreilles. « Les enfants, écoutez-moi, a dit maman d'un air grave mais non dénué de tendresse. Nous venons votre père et moi de rencontrer le docteur Prévert qui nous a communiqué le résultat des tests. La maladie s'appelle la *leucémie aiguë lymphoblastique*, mais ça n'a aucune importance. Il n'y a pas de traitement possible, il est trop tard, mais je veux que vous sachiez que je vous aime et que je vous aimerai toujours. » Ensuite elle est restée très courageuse et papa aussi, quoique ce dernier s'est mis à pleurer, comme il le faisait toujours lorsque la vie devenait trop injuste. Nous-mêmes n'en menions pas large. Je tiens à faire remarquer que le mot *mort* n'avait pas été prononcé, mais nous étions de cette sorte d'enfants qui pressentent que la vie cache quelque chose de terrible. Nous avions beaucoup interrogé les gens autour de nous. Seulement, les réponses que nous avaient fournies le curé de l'église Saint-Elzéar, nos maîtres d'école, le fermier Bertin, le patron de chez Steinberg et quelques passants nous avaient laissés sur notre faim. Leurs explications étaient trop imagées. Nous connaissions ce subterfuge issu de l'enfance : lorsque vous n'avez plus les mots qu'il faut, vous faites un dessin. Nous avions appris de papa que c'est là l'esprit même de la poésie : contourner le réel avec des symboles, en espérant que cette pauvre clé déverrouille une porte. Mais c'est oublier qu'il y a dans ce monde quelque chose d'étrangement construit, et qui dépasse en complexité les quelques traits grossièrement esquissés dans nos malhabiles petits dessins d'enfants, nos fragiles tentatives d'explications. Pour en revenir à la mort de maman, ce n'est que le soir, lorsque nous nous sommes replongés dans les pages du traité d'anatomie comparée, que la réalité nous est apparue dans toute sa cruauté et que nous avons versé nos premières larmes. On était le 16 octobre, et à quatre heures la nuit précédente, à la demande du gouvernement du Québec et de l'administration municipale de Montréal, la Loi sur les mesures de guerre avait officiellement été déclarée.

22

Le soir du 9 novembre, en France, le Général de Gaulle a sorti du tiroir son bon vieux jeu de cartes et a commencé chez lui une nouvelle partie de patience. Juste avant de retourner le trois de carreau, pris d'un malaise, il s'est écroulé, puis est mort vingt minutes plus tard des suites d'une rupture d'anévrisme. On a respecté à la lettre, lors des obsèques, les dernières volontés inscrites au testament: « Les hommes et femmes de France et d'autres pays du monde pourront, s'ils le désirent, faire à ma mémoire l'honneur d'accompagner mon corps jusqu'à sa dernière demeure. Mais c'est dans le silence que je souhaite qu'il y soit conduit, sans musiques, ni fanfares, ni sonneries. » En regardant défiler à la télévision tous ces gens silencieux, nous comprenions ce désir de calme et de mutisme. Nos six existences étaient un assemblage de matériaux hétéroclites, une gerbe désassortie. Ce qui maintenait ensemble ce bouquet, c'était le mince ruban d'une sorte de silence, justement, que nous n'avions pas demandé mais qui nous avait été fourni avec la naissance, je crois, et que nous aménagions selon des critères très arbitraires de beauté et d'humanité. Jusqu'à un certain point, le silence, dans cette fratrie, était un moyen de vivre les uns au plus près des autres. Il représentait aussi, en cet automne de l'année mille-neuf-cent-soixante-dix, une façon d'apprivoiser la mort, celle qui s'agitait autour du corps de maman bien sûr, ce silence partagé c'était notre tarte de deuil à nous.

23

Nous étions évidemment tragiquement ébranlés, mais nous ne nous concentrions pas sur nous-mêmes. Dans les jours qui ont suivi l'annonce, papa allait souvent se réfugier, seul, de l'autre côté de la haie ou derrière la remise, ou encore dans l'atelier. Nous allions le retrouver pour au moins tenter de sécher ses larmes. Tour à tour serrés contre lui, nous entendions le bruit de son cœur si admirablement rythmé, et c'était semblable au brouhaha d'un estaminet très fréquenté. Enzo, qui de nous tous maîtrisait le mieux la lecture à voix haute, lisait pour lui faire plaisir quelques passages des *Fleurs du mal*. Zelda, dont la belle voix annonçait parmi bien des talents celui d'une future choriste, lui chantait dans un anglais atroce mais sincère quelques passages de *Nights in White Satin*. Les mots heureusement nous venaient sans que nous fournissions d'effort particulier, sans ces subterfuges que nous utilisions parfois, sans ces miettes de pain semées ici et là dans nos cerveaux pour les attirer. Ça n'était pas les mots les mieux adaptés à la situation, c'étaient je dirais des mots de jeunes gens émotifs et hantés, mais bon, c'étaient les nôtres. Nous en étions encore loin, mais nous rêvions au jour où apparaîtraient enfin dans nos phrases les expressions si réconfortantes, si joyeuses et si dépaysantes de papa. En attendant, nous ouvrions les brochures touristiques, nous tentions d'en appliquer l'esprit à nos paroles, mais nous avions beau trouver facilement les mots, nos pensées le plus souvent prenaient un chemin tandis que nos mots en prenaient un autre, ça manquait de précision. Et pourtant, dans les jours qui ont suivi l'annonce, nous avions dans les circonstances les mots qu'il fallait. J'aurais de la difficulté à défendre mon hypothèse devant un parterre de scientifiques et de gens très axés sur le déroulement d'une pensée logique, d'un raisonnement qui s'appuie sur les faits. Mais ce que je crois aujourd'hui, c'est que nous avions dès notre plus jeune âge développé une sorte de méthode, une façon de vivre inexplicablement basée sur une théorie du bonheur, et que pour nous la maladie, la souffrance, le malheur, la désolation, la fatigue, la détresse ou la mort nous stimulaient, en un sens, ou en tout cas ne prenaient jamais complètement le pas sur la joie, la force, l'amour qui sauve, l'espoir, le rire et la vie. D'où nous venait cette faculté ? À mon avis, il faut continuer de lire cette histoire pour mieux le comprendre.

24

Papa continuait de disposer bien proprement les fruits et légumes sur les étals, de chanter dans la chorale, d'écrire des vers nuls, de fabriquer des chaises, de lire Nietzsche et les poètes. Mais il lui fallait davantage, désormais. Le samedi, nous insistions pour qu'il nous accompagne, à pied, chez le fermier Bertin, chercher les quelques pintes de lait nécessaires à la bonne santé de nos os. Le fermier Bertin était un homme solitaire et très doux, dont les rêves restaient modestes. Le plus ambitieux consistait en l'agrandissement de sa grange. « Ou sinon, peut-être, acquérir une machine à battre le foin. » Il aimait sa vache Henriette, la lumière matinale, et l'envoûtante élégance des papillons épinglés dans ses albums. Nous estimions qu'une conception si simple et si belle du monde et de l'existence pouvait avoir un impact favorable sur le moral de notre père. Elle en avait en tout cas sur le nôtre. Un jour, ses deux grosses mains manipulant avec soin les pages méticuleusement étiquetées, il nous a montré avec plus d'émotion que d'habitude quelques spécimens de sa collection. Ses paroles, mystérieuses, ne nous semblaient pas avoir de réel rapport avec les insectes hallucinants de splendeur répertoriés sous nos yeux. « Ma femme est morte il y a cinq ans, s'est-il rappelé, le regard un peu voilé. Mais ceux qui sont morts ne sont pas morts. Ils traînent dans les souvenirs des vivants. Ils étaient allongés, les voici debout et tout endimanchés, avec des habits bien ajustés, des montres de prix et des chapeaux très chics. » C'est sur le chemin du retour que nous avons compris, je crois, la signification de ces mots si semblables à une parabole. Nous nous disions que c'était la façon du fermier Bertin de surmonter le malheur : il le costumait, en quelque sorte, en le couvrant de beaux vêtements vivifiants et colorés, à l'image de ses papillons. Mais papa, absorbé dans ses pensées, ne paraissait pas s'expliquer les choses ainsi. Ce que je crois, c'est que son propre malheur en ces moments-là restait nu, dévêtu. Nous allions devoir trouver autre chose pour venir à bout de son chagrin, qui d'ailleurs était aussi le nôtre. Puis les premières étoiles sont montées les unes après les autres à leur place désignée, et le ciel au-dessus de la campagne a commencé à pencher un peu, comme quelqu'un qui a trop bu.

25

La vie continuait, avec sa beauté, sa vérité cachée, ses biens indivisibles, son uniformité hétéroclite, ses deuils. Maman, qui n'aimait pas voir les gens malheureux, avait insisté pour que le cancer ne change pas notre habitude de la légèreté et de la joie. Ça n'avait franchement rien de facile, mais nous tenions le coup. Papa avait je pense mieux que nous intégré le message. Le soir du 24 décembre mille-neuf-cent-soixante-dix, tandis que nous nous préparions aux festivités de Noël, il a pris le volant de la Chevrolet Bel Air, a filé en ville et a longuement marché sous le ciel chargé de neige à la recherche d'un fleuriste encore ouvert. Celui qu'il a finalement déniché lui a cédé pour quelques dollars ses dernières roses disponibles. Ensuite il est revenu chez nous pour aider notre mère dans les préparatifs du réveillon. En arrivant, il a retiré sa tuque et secoué la neige de sur ses épaules, puis a demandé à maman si elle voulait bien disposer les fleurs dans un vase. Le bouquet avait un peu souffert du froid, mais papa était tout de même satisfait de l'effet d'ensemble. Bien sûr nous savions que c'était le dernier Noël de maman, mais, malgré tout, la soirée s'est déroulée sans chagrin excessif. Puis, vers minuit, papa a tapé à petits coups répétés avec une cuillère sur son verre. Ensuite il a demandé à tous de se rassembler un instant autour du vase de roses et d'être si possible plus heureux que d'habitude, parce qu'il voulait rappeler à notre mémoire l'un de ses poètes favoris, Tristan Tzara, mort le 25 décembre mille-neuf-cent-soixante-trois, et qu'il fallait bien remplacer par quelque chose tous ces poèmes restés dans le corps du défunt.

26

Ensuite le printemps est revenu. Nous nous levions tôt et descendions au jardin pour nous assurer que le jeune chêne planté en octobre ne manquait de rien. À cette heure, on voyait au-dessus des arbres le ciel un peu tourner, puis se soulever dans un petit bruit de roue et de pont-levis. Après ça nous songions une nouvelle fois à cette époque déjà lointaine au cours de laquelle nos sensibilités encore indomptées nous donnaient accès à des facultés désormais bel et bien disparues de nos corps. Nous imaginions ces jeunes gens qui, si nous avions laissé libre cours à ces facultés, auraient pu naître de cette enfance enivrée de songes. En ce temps-là, beaucoup de voies s'ouvraient à nous. Enzo rêvait de devenir peintre en bâtiment. Le projet d'Arthur était d'adopter le métier d'arpenteur. Zelda voulait pousser plus loin son intérêt pour le fonctionnement des machines et des appareils et souhaitait être mécanicienne. Elliot, en plantant chaque jour ou presque une graine en terre, planifiait sa carrière de jardinier. Zénon, le plus jeune, avait une vision encore informe de son avenir, mais affirmait se préparer à devenir « collectionneur de bouchons de bière ». Quant à moi, Léonard Cresson, parce que je m'intéressais aussi, comme Zelda, à une certaine forme de mécanique, j'avais déjà dans ma ligne de mire le métier de métaphysicien.

Mais nous n'étions tentés ni par la vieille philosophie de Nietzsche, ni par les rimes, ni par l'ébénisterie. Le contact étroit que nous entretenions avec ces matières par l'entremise de papa n'avait pas imprimé en nous de trace nette et durable. Je crois que notre héritage restait surtout maternel : c'était l'amour tel que vécu et partagé par maman qui au fond animait nos jeunes personnes en plein démarrage. On peut dire sans trop se tromper que c'est cet amour qui en définitive donnait à nos six existences sensibles leur raison d'être. Lorsque nous n'avions plus d'autres moyens à notre disposition, nous finissions toujours sans trop nous en rendre compte par recourir à l'amour pour mieux vivre les uns avec les autres, pour dépeindre le visage des saisons, des jours et des heures, les caprices du sentier, le contour des berges et aussi les particularités des êtres. Oh, mais encore une fois je m'égare, et m'entraîne moi-même bien loin de ce que les premières phrases de ce chapitre laissaient entrevoir. C'est quelque chose qui je le crains se remarque assez vite chez moi : ma pensée n'est pas continue, elle n'est pas le fruit d'un esprit soutenu, comme celui par exemple de tous ces gens qui ont des idées définitives sur les choses. On le voit bien : je ne suis pas une personne stable, et en moi tout l'édifice tremble sur ses bases. Voilà qui est parfois bien embêtant, je trouve. La seule chose sur laquelle je puis en définitive me reposer est mon cœur, mystérieusement et profondément enraciné.

27

L'innocence nous revient-elle jamais après nous avoir quittés? Nous la sentions désormais hésitante à le faire. Bien souvent, nous l'entendions qui rôdait sous nos fenêtres, ou dans l'allée bordée de jonquilles. Mais elle n'entrait plus guère dans la maison à présent, et c'est à distance que nous devions suivre ses directives. Nous retournions chez le vieux fermier Bertin, peut-être l'homme le plus douloureusement dépossédé de cette innocence pour nous déjà presque perdue. Enfermé dans sa chambre, il écrivait depuis toujours ce qu'il croyait être un traité de sagesse mais qui dans les faits n'était qu'un long poème céleste et mélancolique, avec au milieu une grande tempête contenue. Personne à part nous ne s'intéressait à ce gros livre trop austèrement mystique. Quand il songeait plus que d'habitude à sa femme, il jouait avec l'idée de donner à son traité des airs de romance amoureuse. Nous le découragions de s'engager dans cette voie. Une fois, Zelda a dit: « L'amour dans les livres est toujours dégoulinant. Laissez-le plutôt vivre dans la vraie vie. Bien sûr votre femme est morte, mais ça n'est pas une raison. » Ces mots, ça l'a visiblement fait réfléchir. « Hum, a-t-il répondu, tout à coup bien pensif. Oui, je sens qu'il y a dans chaque maison de cette campagne des gens avides de lectures plus indéfinissables, qui donnent accès à une solitude ombreuse, et aussi à une certaine poésie agissante et infatigable. » C'était un poète, indéniablement, dont le gros livre dépeignait avec une sorte de minutie florissante non seulement les hommes, les femmes et les enfants, mais aussi l'espace et la durée, les forces secrètes qui empoignent par le col, si je puis dire, l'impénétrable mystère de l'univers. Tout pour plaire aux adeptes des grandes questions épineuses comme nous, enfants de la digne lignée des Cresson. Il répétait toujours : « Ce qui arrive à votre maman c'est terrible, oui terrible. Mais vous tenez le coup, peut-être parce que vous êtes tous ensemble, vous vous serrez les uns contre les autres. Moi je suis seul, et j'ai beau essayer d'être comme vous, les enfants, je n'arrive qu'à exprimer une tristesse aiguë. » Puis nous nous dirigions vers la laiterie où il nous servait chacun un verre de lait si extraordinairement frais que nous éprouvions dans nos corps de petits frissons de bonheur vertigineux. Après quoi nous nous taisions pour mieux écouter la rumeur lointaine du réel résonnant dans les collines, et ce sentiment de bien-être qui nous prenait par surprise, peut-être était-ce la poésie, justement, qui, cherchant un passage, se frayait un chemin dans nos corps en même temps que le lait du fermier Bertin. Souvent, tandis que nous buvions, il évoquait le souvenir de ses chiens, auprès desquels il avait vécu, affirmait-il, certaines expériences bouleversantes de douceur. « L'un d'entre eux, le plus aimant, m'a appris l'art toujours difficile de la compassion. L'autre, par la joie secrète qu'on devinait sourdre de sa poitrine à chaque aurore, me rappelait la chance que j'avais d'être capable d'émerveillement, d'imagination, de déduction mathématique, de songe et de ferveur. Un autre encore, mystérieusement familier avec les petits enfants, m'a fait comprendre les rapports oubliés entre les premiers embrasements de la jeunesse et ceux, non moins passionnés, de la vieillesse qui s'y appuie comme à un bâton, ou une canne. »

28

Un matin nous nous sommes réveillés et l'été nous attendait derrière les vitres. Chaque année à pareille date, l'étang se mettait à résonner du chant assourdissant de milliers de petites grenouilles crucifères. « Tiens ? Le grand colloque a commencé », a dit papa en levant les yeux de sur sa page des *Fleurs du mal.* En cette année du cancer, nous nous rassemblions souvent sur le rivage, le soir venu, avec lui et maman. Au ciel montait la grosse tranche de citron de la lune. L'étang, pourtant lisse comme la surface d'un miroir, vibrait au son de la complainte amoureuse des petits batraciens. À ce tintamarre de tôles et de clochettes se mêlait le bruit de scie planétaire des insectes. Attendrie, maman répétait toujours : « Rien n'est plus émouvant qu'une nuit d'été traversée par les bruits de la terre. » Nous observions son beau visage, ses mains de ménagère et son pantalon tout-aller, son foulard élégamment noué sur la tête pour la protéger au moins un peu des courants d'air. Nous tâchions d'appliquer à nos vies sa compréhension immédiate des phénomènes naturels et des choses vitales. En regardant vivre les enfants que nous étions encore, elle s'étonnait, pourtant, de trouver dans ces jeunes corps secoués de clartés et de présages l'allégresse inquiète qui déjà annonçait les adultes à venir, toujours soucieux du temps qu'il fait, sans cesse émerveillés par la moindre fleur. C'est elle qui en tout cas nous a appris à écouter si attentivement ce bruissement nocturne avec lequel nous aimions renouer, les soirs de juin, et qui tout l'été hantait notre invraisemblable bonheur. Beaux étangs bariolés de poissons, belles nuits piquées d'astres, prenez soin de cette femme qui dort. C'est ma mère enterrée sur le bord de son corps et de mon inépuisable passé.

29

Les abeilles abondaient dans nos collines si fleuries, où le fermier Bertin avait installé ses ruches. Nous savions que ces petites travailleuses acharnées ne disposaient que d'une vie et d'une carrière fulgurantes, et mouraient au bout de six semaines environ, au terme d'une existence dont chaque instant, jusqu'au dernier, avait été consacré à l'effort collectif. *Leur vieillesse*, écrivait le fermier Bertin dans son traité de sagesse, *n'est pas comme la mienne l'occasion de se retourner et de regretter le passé. Ce ne sont pas des créatures créées pour la nostalgie. Peut-être devrais-je tirer une leçon de ces existences si brèves et si parfaitement vouées au temps présent. Le passé est un phare, non un port.* Nous courions à la maison répéter ces mots à papa. « Je veux bien, commenta-t-il une fois, mais je ne déteste pas de temps à autre tenir compagnie à mes regrets mélancoliques. J'y rencontre des audaces, des révoltes, des austérités et mêmes des douleurs aujourd'hui disparues, que j'ai peut-être trop tôt transformées en dogmes, en espérances exagérées, en fausses clartés. Bertin n'a pas tort : le passé nous guide bel et bien au milieu de cette nuit que nous traversons. Mais je voudrais en terminant, les enfants, ajouter quelque chose. J'ai remarqué qu'à certains moments plus graves que d'autres, ou plus méditatifs, cette lumière clignotante jaillissant de mon passé allongeait son faisceau jusque dans mon avenir, et l'éclairait d'une sorte de vérité. Je pense qu'il en est de même pour chaque homme, chaque femme et chaque enfant peuplant cette planète. Comme si notre histoire, tout bien considéré, cherchait à attirer notre attention pour nous rappeler que ce qui nous attend n'est au fond qu'une forme remaniée de l'expérience, sa variante pollinisée par le temps, comme une fleur par une abeille, justement. »

30

Donnons à présent la parole à mon frère Arthur, qui en bon futur arpenteur avait hérité d'un esprit pratique qui manquait plus ou moins chez les cinq autres. « Le fermier Bertin a raison. Les gens ne sont pas destinés à faire partie d'un troupeau comme un animal domestique, mais d'une ruche comme les abeilles. Il faut se serrer les coudes. Bon sang, qui serais-je si je ne sentais pas en moi la présence de l'humanité entière ? » Mais nous appliquions déjà, et sans trop nous en rendre compte, cette idée d'une nécessaire vie consacrée au groupe. Il y avait eu la naissance, puis quelques années de pure désinvolture avaient passé, et un jour nous avions commencé tant bien que mal à concrétiser ce que le destin nous avait, en quelques leçons théoriques, soufflé à l'oreille. Il nous arrivait, plus souvent qu'à notre tour, de nous éloigner de ce destin, ou de le contourner, de le contredire, en tout cas de lui compliquer la tâche, et même de le briser. Nous n'aimions pas toujours sa façon de nous commander et de nous dire qui nous devions nous efforcer de devenir. Nous sentions vivre en nous des forces et des influences plus fugitives et volatiles, moins sagement insistantes et, en définitive, mieux adaptées à l'enfance. À la fin pourtant nous finissions par accepter cette aventure prévue pour nous : peu à peu, nous mettions nos pas dans ceux de notre avenir, qui, très tôt dans l'existence, était venu certains soirs nous visiter en songe nous exposer ses vues, démonter pour nous le mécanisme de nos cœurs, nous expliquer son fonctionnement et ses raisons d'être, pour ensuite nous indiquer au ciel la trajectoire des six étoiles apparues dans la demi-heure après nos naissances respectives. En définitive nous faisions de notre mieux non seulement pour vivre, mais pour vivre ensemble.

31

Au début du mois de septembre mille-neuf-cent-soixante-et-onze, René Simard a fait paraître à l'âge de dix ans son disque *L'oiseau*, et tout le monde est devenu fou de lui. Nous écoutions nous aussi *L'oiseau*, *Santa Lucia* et *Ange de mon berceau* en boucle à la maison, mais notre entrée dans le fan-club a été ratée parce qu'en août maman était arrivée dans la phase de crise blastique du cancer, chose qui nous coupait l'envie de chanter et de célébrer. Qu'est-ce que la phase de crise blastique ? Voici la réponse de papa, formulée dans l'atelier, où nous avons été conviés un soir après qu'il eut mis maman au lit. « C'est, en gros, l'étape où tout se détraque. Les cellules dysfonctionnelles se multiplient, les globules rouges et les plaquettes diminuent drastiquement. Votre mère pour cette raison développe depuis un mois infection par-dessus infection, elle saigne pour un rien, éprouve une immense fatigue, elle a le souffle court, des maux d'estomac à cause de la rate qui enfle, des douleurs aux os. » Puis, encore une fois ne retenant plus ses larmes (il n'en voyait jamais la nécessité), il s'est approché de nous pour dire ceci : « Les enfants, ni vous ni moi ne croyons en Dieu. Mais ce soir et dans les semaines à venir, prions, prions. Je crois qu'il ne reste plus grand-chose d'autre à faire, désormais. » Nous aimions la vérité, mais toute vérité n'est pas bonne à faire exploser. Zénon, le benjamin, pleurnichait. La bouche ouverte, il manipulait nerveusement un de ses bouchons de bière. Elliot était tout pâle. Zelda tremblait de tous ses frêles membres. On ne pouvait pas savoir à quoi Arthur songeait, mais on devinait à son agitation nerveuse qu'en lui un câble venait de lâcher. J'étais moi-même très retourné. À la fin, Enzo a murmuré, hagard : « Doux Jésus ! Que sera le monde si maman meurt ? »

32

Le 11, Nikita Khrouchtchev est mort. Trois jours plus tard, en parlant du leader soviétique, un journaliste a écrit dans le quotidien *Le Monde*: *Il a réussi sa vie mais manqué son œuvre.* Après avoir lu ces mots-là, papa nous a de nouveau réunis dans l'atelier. « Faites de votre mieux, commença-t-il. Mais si les circonstances vous forçaient un jour à choisir, réussissez votre vie plutôt que votre œuvre. Avant d'investir dans votre carrière, embellissez autant que possible l'existence, développez votre générosité et votre attention aux autres, ne vous laissez pas contaminer par la vilenie et l'indignité partout présentes, résistez, résistez. » Bien sûr il n'entendait pas par là que Khrouchtchev, avec ses millions de morts sur la conscience, était un modèle à suivre. Simplement, je pense que la formule du journaliste du *Monde* l'avait frappé. On ne pouvait pas le nier: certains mots avaient ce pouvoir de le happer, on le voyait à sa façon d'aimer la poésie, et c'est vrai qu'on ne pouvait pas bien le connaître, ni même le côtoyer très longtemps avec bonheur, si on ne tenait pas compte de son intérêt pour les mots, qui sont si on veut la musique et le chant de l'âme, voilà pourquoi aussi il aimait les belles phrases fortes de Nietzsche et chantait dans la chorale, c'était un homme dont l'âme restait en tout état de cause très musicale.

33

Un dimanche matin, Enzo était en haut de l'échelle en train de repeindre la remise. Au jardin, Elliot repiquait quelques bulbes, et Arthur, qui s'exerçait à son destin d'arpenteur, poursuivait avec son pauvre compas et sa corde la cartographie du carré de choux-fleurs. Assis sur la vieille caisse à oranges, Zénon brassait à l'ombre du grand chêne sa collection de bouchons. Zelda, penchée sous le capot de la Chevrolet Bel Air familiale, étudiait les composantes du moteur avec une attention d'hygiéniste dentaire. Je tentais en ce qui me concerne, mollement allongé dans le hamac, de déchiffrer les rudes chapitres des *Six études de psychologie* de Jean Piaget. Vers les dix heures, le fantôme de grand-papa nous est encore apparu. « Je m'étonne, nous a-t-il confié, qu'on apprenne si tôt aux petits enfants la technique de la preuve par neuf, mais qu'on néglige en classe de leur enseigner à s'émerveiller. Qu'on répète partout aux gens de garder les pieds sur terre, mais à peu près jamais de se laisser enchanter. Pourquoi n'encourage-t-on pas plus universellement la faculté d'éprouver les choses, d'être touché par elles, d'en saisir la substance la plus subtile, d'en soupeser la profondeur et l'amplitude ? » Puis, avec son chapeau sur la tête, il est reparti le plus naturellement du monde, comme avalé par la nature. Enzo nous a immédiatement convoqués en assemblée derrière la remise. « Que voulait nous dire au juste grand-papa ? » a-t-il demandé, son pinceau à la main. Et c'est Zénon, le moins expérimenté de cette famille, qui a eu pourtant la réponse la plus sensée : « Je pense qu'il est seulement venu nous rappeler ce que maman nous a dit un jour, à savoir que même si les gens meurent, ça n'est pas une raison pour ne pas aimer vivre. »

34

L'époque bien sûr était aux pessimismes de toutes sortes (guerre froide, guerre du Viêt Nam, dictatures en République d'Haïti, Jean Béliveau retraité du hockey, glissement de terrain majeur et catastrophique à Saint-Jean-Vianney, etc.). Mais nous n'arrivions pas à être inquiets ou malheureux très longtemps. Je ne dis pas que le chagrin ne nous atteignait pas, je dis l'inverse : je crois que nous étions fondamentalement des gens mus par le chagrin d'aimer. Seulement, chacun à sa manière, papa et maman (le premier par la joie, l'autre par l'amour) nous avaient appris à ne pas craindre le futur. Cet automne-là, nous rencontrions régulièrement dans les collines notre avenir pour ainsi dire à portée de main, avec son électricité partout jusqu'à vingt-trois heures, son édition intégrale en douze volumes de nos folies de jeunesse, son vaste pays maraîcher, son passage vers l'insondable et, plus loin encore, ses quelques hectares d'éternité. Il va sans dire que nous n'y trouvions pas toujours tout ce qu'il nous fallait, et aussi vite que nous le souhaitions : nous y rôdions comme une chienne cherche le plus étourdi de ses quatre petits. Mes frères, ma sœur et moi y relisions les beaux vers de Louis Aragon que nous nous chantions intérieurement chaque fois que nous éprouvions le besoin de mieux occuper notre temps :

Je chante pour passer le temps
Petit qu'il me reste de vivre
Comme on dessine sur le givre
Comme on se fait le cœur content
À lancer cailloux sur l'étang

Ce qui nous émouvait aussi de l'avenir, c'est que, en pensée, nous y rejoignions toujours notre mère. Dans la campagne tous les trains étaient déjà passés, et un bon chien de rapport nous suivait sans jamais oser nous dépasser. Tout à coup maman se souvenait de sa propre enfance et de sa vie dans les années mille-neuf-cent-trente, du temps où ses parents et elle vivaient dans la petite vallée abritant leur ferme, en un temps où « le grand char du vent », passant en trombe dans le pacage, soulevait les vaches et les déposait sur le toit de la grange. Puis elle tendait l'oreille, nous serrait tous les six contre son corps et, très émue, disait : « Écoutez, écoutez bien. Ce bruit sourd qu'on entend dans les lointains, vous savez ce que c'est ? C'est le temps et le hasard qui déblaient pour vous le chemin. » Puis nous marchions encore un moment tous ensemble, et à la fin ce rêve éveillé que nous venions de faire s'achevait.

35

Un matin, Elliot est venu me trouver pour me demander de l'accompagner dans les collines. Le plus souvent, les autres s'accommodaient de leur bonheur momentanément maintenu à l'ombre. Mais en Elliot se dessinait toujours un mouvement de fleur, un besoin constant de se tourner vers une source de lumière. Je devinais ce matin-là que ce pivotement était plus difficile que d'habitude. J'ai refermé les *Six études de psychologie*, enfilé mes grosses bottes de caoutchouc, puis j'ai pris en sa compagnie le sentier qui commence derrière la remise. Cette marche sans but parmi les herbes hautes apaisait mystérieusement sa peine. J'adaptais mon pas au sien. La vie dans son ensemble demeurait légère, mais on voyait bien qu'une sorte de sérieux alourdissait ce pas d'oiseau blessé. Il me confiait les quelques pensées fugitives, dépourvues de surnaturel et cependant insondables, que la mort prochaine de maman lui inspirait. Aux haltes, on aurait dit que son esprit aussi faisait une pause, et alors c'était son cœur qui prenait le dessus. À un moment, planté au milieu du sentier, les bras ballants, il a dit: « Si tu veux mon avis, je crois que le chagrin est une sorte de chat sauvage, de couleur grise, et plutôt retors. Il faut se mettre à plusieurs pour en venir à bout. Car, tout seul, on y arrive mal. Oh, Léonard, je pense que je vais avoir bien besoin de toi et des autres, prochainement. » Puis il a eu un sourire extraordinairement tendre, et son visage, l'un des plus réussis que la nature ait créés, s'est apaisé soudainement. Ensuite je me suis dit qu'il avait raison, que nous allions devoir nous rapprocher encore un peu plus les uns des autres. Nous nous contentions généralement de peu de chose, tous les six. La vérité, c'est que nous étions heureux avec rien. Nous étions heureux dans la vie que nous avions reçue. Les humbles travaux quotidiens, le naturel des gestes et des idées, les joies discrètes, tout cela peut paraître assez banal. Et néanmoins, je ne crois pas qu'il existait pour nous de plus grande victoire que celle d'être parvenus à hisser nos existences à ce degré de simplicité. Oui, Elliot avait raison : pour chasser le grand chat sauvage du chagrin, nous allions plus que jamais devoir recourir à ce bonheur simple et collectif.

36

Pourquoi raconter cette histoire, somme toute pas moins banale que les autres ? Je n'en sais trop rien. Peut-être afin de laisser en moi au moins une trace de cette famille encore intacte qui, entremêlée à son époque, marchait en dépit de tout à la rencontre de la beauté. Peut-être aussi afin de me rappeler avec le plus de précision possible ces huit personnes qui n'auront fait que passer, huit fusées d'argent, huit météores tombés sur la Terre mais sans fracas ni déclenchement de cataclysme, sans ce grand trou que laisse habituellement l'impact du ciel percutant le monde. Et puis pour me souvenir que nos esprits et nos cœurs quand ils s'unissaient négociaient mieux les courbes dans le tournant abrupt des choses, que ce qui nous importait était non seulement notre propre situation, mais également l'état de santé du vaste monde, la guêpe venue reposer sur ses épaules ses ailes inquiètes. Pour être franc, je ne suis pas sûr que mes pauvres arguments de bateleur et d'équilibriste suffiront à intéresser beaucoup de gens au récit de la maisonnée des Cresson. Mais c'est tout ce que j'ai à offrir : une visite guidée dans la mémoire d'un homme peu effrayé par sa mort mais qui commence à se douter de son aspect général, et qui, en prévision de sa venue, accumule des réserves de souvenirs, de chance, de grâce et de gratitude.

37

Ça s'est passé très discrètement, et si la lumière du jour n'avait pas eu à ce moment-là cette si délicate qualité, je n'aurais rien remarqué. Je me dirigeais vers le barrage des castors pour y flâner un peu lorsque tout à coup j'ai encore rencontré mon avenir. Tout y était : la clarté de l'aube sur le potager, mon bonheur qui ne fut pas de tout repos, mes fautes jamais réparées, le vase de fleurs sur le secrétaire à abattants, le canif échangé à Enzo, en mille-neuf-cent-soixante-dix, contre une photo de Renée Martel, le vitrage de ma chambre qui en janvier gèle les oreilles, le vent qui sur la remise rabote les vieilles planches, les idéaux de ma jeunesse, miraculeusement intacts, ma vieillesse luisante puis solaire, et ma mort avec ses feuilles qui s'envolent. Papa disait vrai : résister, c'est la grande affaire. Il n'y a pas d'avenir qui vaille sans ça. Résister au cynisme, cette maladie des gens fatigués de vivre, résister à l'insignifiance ambiante, au découragement, à l'argent qui dévore tout, à la violence et surtout au chagrin. Je vais dire une chose : ce qu'il y a, c'est que le cerveau humain, essentiellement conçu il y a deux millions d'années pour nous aider à échapper aux tigres et aux lions, pour nous renseigner sur les meilleures façons de survivre, n'a pas été prévu pour la métaphysique, ou quelque forme que ce soit de pensée abstraite. Animal parmi les animaux, c'est par pur hasard qu'*Homo* a pu échapper au moins en partie à sa condition originelle, et devenir à la longue une si étonnante (mais maladroite) créature pensante. Comment construire un monde harmonieux avec un cerveau pareil ? Comment en arriver à une existence humaine débarrassée de sa férocité et de son individualisme, désormais inutiles ? À première vue, aucune chance. Je ne suis pas futurologue, mais, bon sang, j'ai beau réfléchir, je ne trouve pas d'autres outils que l'esprit pour répondre aux insistants appels de l'avenir : il faut s'élever, prendre un peu de hauteur. Si j'ai bien compris, c'est ce que maman nous apprenait lorsqu'elle nous disait d'aimer la vie, et surtout de l'aimer tous ensemble.

38

Je ne sais pas bien pourquoi mes frères et ma sœur venaient spontanément vers moi quand ils avaient le vague à l'âme. Peut-être apercevaient-ils déjà, avec leur perspicacité de prospecteurs miniers, le métaphysicien descendu tout au fond de moi par son échelle de corde et cherchant une strate plus brillante que les autres, une veine d'or. Toujours est-il qu'un jour, alors que je m'apprêtais à embarquer dans l'autobus jaune, Enzo m'a pris par le bras et m'a demandé de marcher plutôt jusqu'à l'école en sa compagnie. « On dirait, m'a-t-il dit en chemin, que j'entretiens un rapport immémorial avec la nature. Que je me souviens obscurément de quelque chose, oui, de très ancien, peut-être de cette époque d'écumes bouillonnantes et d'irrépressibles courants marins où l'Amérique, séparée depuis peu de son attache africaine, commençait à dériver vers l'ouest. Tu le sais : mon ambition est de devenir peintre en bâtiment. Alors forcément, j'observe beaucoup la façon dont la nature s'y prend avec les couleurs. J'estime que de cette observation minutieuse découle mon initiation aux grands mystères existentiels. Je ne comprends pas pourquoi certains oiseaux bleus, par exemple, portent de petites épaulettes vertes, ou pourquoi le dos rouge des coccinelles est parsemé de minuscules points noirs. » Je ne voyais pas bien où il voulait en venir, mais j'alimentais la conversation. « Oui, ai-je renchéri avec l'intention assez claire d'affirmer notre athéisme familial : c'est l'œuvre de quelqu'un qui manque de sérieux. » En bon matérialiste convaincu, mon frère a acquiescé. « Hmm. Pas de doute là-dessus. » Puis il a continué avec ceci : « Mais récemment, j'ai compris une chose. Tu te rappelles le jour de la naissance de Zénon ? Du discours que j'ai prononcé, debout sur la caisse à oranges descendue du grenier ? Nous étions tous dans la joie, tandis que là-bas, à l'hôpital, Zénon, lui, était dans les pleurs. Eh bien, voici la grande leçon paradoxale que la nature nous enseigne : il nous faut vivre tous les six de manière qu'au moment de sa mort, tandis que nous serons tous dans les pleurs, maman soit quant à elle dans la joie. »

39

Ce qu'Enzo avait voulu me dire, bien sûr, c'était que maman, cette grande métaphore de la nature, après nous avoir bien appris à vivre, nous apprenait à présent à mourir. Vers la fin, nous l'avons souvent entendue répéter : « J'ai vécu l'essentiel de ma vie avec la crainte sourde de devenir à la longue un être rapetissé par l'amertume, la déception, l'écœurement. J'avais vingt, trente, trente-cinq ans et je guettais le moment tant redouté où la paresse de l'esprit, la bassesse d'âme, la vanité, la tromperie et la médiocrité partout présentes allaient venir à bout de ma joie, de mon inexplicable plaisir de vivre. Je ne sais pas trop ce qui s'est passé au ciel et sur la terre pour que j'échappe jusqu'à maintenant à ce sort terrible. » En tout cas une chose était sûre : à mesure que, une lampe tempête à la main, elle s'aventurait plus profondément dans la maladie, on aurait dit qu'une sorte d'instinct, de confiance tellurique sans cesse renouvelée la faisaient considérer comme un devoir humanitaire de déclarer biens patrimoniaux la gaieté, la vérité, la beauté, l'ingéniosité, l'espoir, l'estime, la fraternité. On était à la mi-septembre, les soirées étaient encore douces. Elle nous réunissait dans le jardin et nous faisait la lecture. À d'autres moments, et même si elle ne possédait pas une voix inoubliable, elle aimait nous chanter sa chanson favorite (*Heureux celui qui meurt d'aimer*), pleine de charme mélancolique :

Ô mon jardin d'eau fraîche et d'ombre
Ma danse d'être mon cœur sombre
Mon ciel des étoiles sans nombre
Ma barque au loin douce à ramer

Elle nous apprenait aussi à ne craindre ni les mots ni les émotions. C'est pourquoi nous étions si portés aux confidences, et au partage en général : nous comprenions que l'agencement sensible des mots exprimant un chagrin, un bonheur ou une inquiétude pouvait être au moins aussi beau et apaisant qu'un bouquet de fleurs qu'on dispose dans un vase. C'était l'exemple que nous avions chaque jour sous les yeux.

40

Le 19 septembre, à la vitesse moyenne de cent-quatre-vingt-dix km/h, Jackie Stewart remportait le Grand Prix du Canada de Formule 1 sur le circuit Mosport Park, en Ontario. Nous n'étions pas adeptes de course automobile, mais, cet automne-là, tout ce qui allait vite captait tragiquement notre attention. C'était un rappel cruel, celui de la progression rapide et inarrêtable du déclin de maman. Nous appliquions bien illusoirement les freins, nous tâchions de ralentir la cadence de nos existences, le défilement de nos pensées, l'enchaînement de nos actions mêmes. Mais rien n'y faisait : la fulgurance de la vie, sa brièveté écrasante pesait sur nous de tout son poids. Et tandis que là-bas, en Ontario, Jackie Stewart célébrait sa victoire, nous nous enfoncions dans une espèce d'accablement pensif.

41

Le 7 octobre à quinze heures, durant sa pause chocolat-biscottes, le président américain Richard Nixon, confortablement assis dans le bureau ovale, écoutait *Maggie May*, la nouvelle chanson de Rod Stewart. À peu près simultanément, le médecin Prévert appelait notre père au téléphone pour lui communiquer les résultats de ses dernières analyses, et lui dire que le nombre de lymphocytes dans le sang de maman avait doublé en deux mois, chose qui n'annonçait rien de bon. Avant de partir pour l'école, à notre retour, le soir après souper et avant d'aller dormir, tout le temps, nous allions trouver notre mère dans la chambre et passions quelques minutes à son chevet. Nous tâchions de la dérider, mais nous étions constamment distraits par l'idée sinistre de ces lymphocytes à l'œuvre dans ce corps amaigri, fiévreux, trempé de sueur. Nos cœurs plus que jamais étaient soumis à une sorte d'entreprise de démolition. Nous aménagions à la longue comme des caveaux à patates ces lieux pourtant sans porte ni murs, sans plancher, ni charpente ni toit, et même sans réelles dimensions. Nous y entassions en atmosphère contrôlée des tristesses qui, sous la bonne garde de notre fragile courage, poursuivaient patiemment leur processus de maturation. Pas mal de ces peines, incapables de mûrissement, refusaient d'ailleurs de se transformer en confiance, ou en vitalité. Nous nous tournions alors non pas vers papa, lui-même fort secoué, mais vers de plus impartiaux confidents : Léon, l'écureuil qui chaque matin cassait ses noix dans le creux de nos mains, Henriette, la vache du fermier Bertin, Ringo, notre bouc chevelu. Mais c'est un fait : peu de nos chagrins atteignaient le degré de douceur voulu, ou espéré.

42

Désormais, lorsque nous étions tous à l'école ou ailleurs et que papa lui-même s'absentait pour le travail, le fermier Bertin venait passer quelques heures à la maison pour veiller sur maman. Installés dans la petite chambre du fond, ces deux amis de longue date en profitaient pour discuter de tout et de rien. Puisque le fermier Bertin était un homme qui ne parlait pas volontiers de lui-même, il fallait parfois l'interroger avec insistance. Mais ça en valait le coup parce qu'alors son âme apparaissait, comme un noyau dans un fruit entrouvert. Assez souvent, maman et lui évoquaient ensemble leur passé commun. Un jour, émue, elle m'a répété ce détail d'une anecdote qu'il lui avait racontée : « Dans le village où je suis né, il y avait un tailleur esseulé qui sous le porche de sa maison faufilait en parlant de sa femme morte le rebord de vos pantalons. » Je crois que ce que maman aimait particulièrement, c'était cette façon bien à lui qu'avait le fermier Bertin de se souvenir des gens ordinaires, et d'accueillir leur pensée dans le grand palais vert de son esprit, où se mêlaient, aurait-on dit, les nénuphars de l'avenir et les lianes de la mémoire. En esquissant son faible sourire si tendre, elle disait toujours : « Il s'émerveille pour un rien : la lune qui se déplace si méthodiquement au ciel, le vent léger qui fait se pencher les herbes des collines, les haricots qui poussent à l'ombre. C'est merveilleux. »

43

« Il faut vivre avec les jours », disait notre père. Il continuait de faire de cet idéal simple la grande affaire de sa vie. Chaque matin, avant de se rendre chez Steinberg, il descendait au jardin pour observer pendant de longues minutes l'écureuil Léon aller et venir, puis hésiter entre une sieste et la contemplation de sa collection de feuilles mortes. Il était un peu comme nous : malgré le cancer, une joie complexe, intelligible, persistait en lui. Sur ce plan, il avait, comme nous, beaucoup appris de maman : il aimait la vie, même si la vie le faisait pleurer. C'était un être singulier, spectaculaire de jeunesse, et comme en retrait de son âge. Puis, lorsque papa en avait fini avec l'écureuil Léon, le ciel faisait grincer ses vieux ressorts usés, et le jour, levé tout à fait, commençait à se déplacer le long des étendues foncières du ciel. Ensuite il allait embrasser maman qui maintenant ne quittait plus guère son lit, s'assurait que le téléphone était bien à sa portée en cas de besoin, venait nous dire au revoir en nous serrant contre lui, et alors, comment dire, nous sentions la chaleur d'un fanal resté allumé. Puis durant sept ou huit heures il disposait très artistiquement les fruits et les légumes sur les étals chez Steinberg. Il rentrait le soir, passait un long moment auprès de notre mère, veillait à son confort, l'incitait à manger au moins un morceau, lui rapportait les nouvelles de la journée, et maman souriait faiblement, et répondait de sa voix maintenant très atténuée par le sale travail des lymphocytes. Une fois la semaine, nous nous réunissions avec lui derrière la remise pour un feu de camp. Au ciel, quelques étoiles équarrissaient à petits coups de rabot la clarté de ces flammes pleines d'ombres. Plus tard il sortait son exemplaire de *L'Art de l'oisiveté* et nous lisait pour la millième fois ces mots d'Hermann Hesse : *S'il faut des hommes qui construisent des maisons et les abattent, qui plantent des forêts et les coupent, qui peignent les volets et sèment les jardins, il faut bien aussi quelqu'un qui voie tout cela.* « Je n'en suis pas encore complètement certain, ajoutait-il à la fin de sa lecture, mais il me semble que vous faites tous les six partie du groupe des observateurs. C'est très bien, quand il le faut, de rafistoler la Chevrolet, repeindre la remise, collectionner des trucs, s'intéresser à l'esprit des gens, planter des fleurs, mesurer des surfaces. Mais rien ne vaut à mon avis cette vie de contemplation dont vous favorisez par votre bonté et votre affection la si prometteuse floraison. » Lorsque je m'engageais sur le sentier avec ces mots de papa en tête, je croyais emprunter de nouveaux passages, de discrets embranchements qui détournaient mes pas pour me mener bien au-delà de la colline, dans une dimension que je ne soupçonnais pas. Voilà l'effet que me faisaient ces paroles domestiques, américaines, nocturnes, inquiètes et offertes, leur montée au château, leur mansarde éclairée toute la nuit. C'est bien le comble : moi qui écris cette histoire, je ne trouve pas les mots qu'il faut, et je dois encore et toujours, pour me faire comprendre, me rabattre sur des images, comme les enfants. Je voudrais parler de la brièveté des choses, du chagrin et de l'amour, mais chaque fois ce sont d'autres mots qui me viennent, ceux de la nuit, du songe, de la beauté, de la métamorphose et de la vie.

44

Un jour, Elliot nous a dit : « Le cresson est une plante herbacée de la famille des crucifères, dont les fleurs ont quatre pétales en croix, *et parfois, par exception, six*. J'y vois un signe : la famille Cresson de Saint-Elzéar, avec ses six enfants, est une anomalie de la nature. De Enzo à Zénon, en passant par Léonard, Zelda, Arthur et moi-même, nous ne sommes possiblement pas destinés à vivre tout à fait dans les normes. » Nous ne nous sentions pourtant pas différents des autres, dont nous ne pouvions jamais longtemps nous éloigner : en un point mystérieux de nous et difficilement localisable, une force inconnue agissait au contraire en faveur d'une alliance sensible avec nos semblables. Mais on ne pouvait pas faire semblant de ne pas entendre l'appel venu du fond des collines et entendu de nous seuls, personnifié par le fantôme de grand-père. Et voici maintenant le passage sans doute le plus hardi de l'histoire que je raconte : peut-être ce nom que nous avions reçu à la naissance révélait-il quelque chose sur l'existence qui nous attendait et dont nous apercevions au loin les premières lueurs, un programme ? Nous ne poussions pas jusque-là nos rapports intimes avec les présages, et ne considérions pas comme déterminante à ce point leur puissance apparente. Mais nous aimions croire que nous allions à la longue nous emparer de cette singularité dans notre nom (six pétales au lieu de quatre) pour en faire une sorte d'emblème, une figure symbolique des forces centrifuges que nous devinions s'agiter en nous-mêmes. Qu'au fil du temps ce nom deviendrait une signature architecturale, la marque caractéristique et plus ou moins constante permettant d'authentifier ce difficile exercice d'humanité auquel nous nous consacrions déjà plus ou moins.

45

Le mois de septembre avait laissé sa place à des journées d'une étonnante fraîcheur. Un livre à la main, frissonnant dans la chaise Adirondack, mon frère Arthur m'a prié un matin de monter à la chambre et de lui apporter un vêtement chaud. « Mon vieux pull-over rouge avec une tête d'orignal sur le devant devrait pouvoir faire l'affaire », me suis-je dit en fouillant dans le tiroir de la commode. Mais voici les premiers mots vraiment intéressants de cette anecdote : Ringo, notre bouc chevelu, apercevant mon frère vêtu de l'épais tricot qu'il m'avait tant de fois vu porter, a cru que je m'étais tout à coup dédoublé. La pauvre bête, éperdue de confusion, nous fixait tour à tour et se demandait clairement lequel, de mon frère ou de moi-même, allait désormais jouer le rôle de Léonard Cresson. Ce petit épisode n'est pas une démonstration preuve à l'appui des limites de la réflexion animale. C'est le constat à peine métaphysique de la fragilité de notre identité humaine, dont les traits généraux se troublent au gré d'un simple regard extérieur posé sur nous. « Qui sommes-nous réellement ? » me demandais-je. Et là-haut, alitée dans la petite chambre du fond, que devenaient donc la personnalité, la nature, l'âme de maman depuis que nous étions les témoins de la métamorphose si accablante de son corps ?

46

Papa bien sûr nous aimait beaucoup, mais il prenait quelquefois pour l'exprimer d'étonnants détours. J'étais une fois avec lui dans l'atelier, et je l'assistais dans l'ajustement du barreau d'une de ses chaises. Nous en étions à l'étape finale du sablage lorsque, secouant de sur ses épaules un peu de sciure, il m'a dit : « J'ai une théorie sur ma mort : je n'y entrerai pas d'un seul coup. Ça se fera en plusieurs phases. Lorsque je m'y immiscerai pour la première fois, je commencerai par chercher le beau visage de ta mère. Peu de temps s'écoulera avant que je la retrouve, avec son sourire si simplement doux, comme chaque fois qu'elle récupère son bonheur. À force de lire, de mon vivant, les paroles si sages de Friedrich Nietzsche, j'aurai fini par me faire une certaine idée de la façon dont les choses se passeront là-bas. Le jour durant je regarderai le ciel s'avancer, passer tout droit, puis prendre à droite au carrefour, pour enfin s'arrêter au-dessus du petit barrage hydro-électrique. Quand ce sera possible, le soir, j'allumerai un feu et songerai avec émotion à vous tous, restés ici, dans les limites plus étroites de l'existence. Ensuite je relirai *Les Fleurs du mal*, ce qui littéralement me ramènera à la vie. Quelque chose alors se passera et ma mort s'arrêtera, je ne trouve pas d'autres façons de te le dire. En ouvrant les yeux je serai heureux de te revoir, avec Enzo, Arthur, Zelda, Elliot et Zénon, tous penchés sur moi dans vos drôles de petits costumes trois-pièces aux manches rétrécies, comme si c'était dimanche et que vous étiez allés chanter dans la chorale. Du temps passera puis je mourrai encore à quelques reprises, et réintégrerai chaque fois mon corps. Voilà ce qui arrivera en attendant que je sois capable de m'éloigner de vous définitivement et que je meure une bonne fois pour toutes. »

47

Je peux me tromper, mais je pense pouvoir dire que je tenais le coup mieux que les cinq autres. On croira que c'était en raison d'un aveuglement volontaire, d'un refus de regarder en face le chagrin, mais je crois le contraire : il y avait dans ma relative résistance au malheur et à la peine un surplus de lucidité, une acuité du regard que les autres ne cultivaient pas tant. Un jour que nous étions tous au chevet de maman, je me suis allongé près d'elle dans le lit et lui ai demandé : « Comment le ciel s'y prend-il pour tourner dans les virages serrés ? Quel est ce bruit de penture qu'on entend parfois, le soir, quand la lune monte ? Qui a installé en moi l'échelle de corde par laquelle remontent mes souvenirs ? » Oui, l'extrême jeunesse bien sûr jouait un rôle dans cette façon animiste de se représenter le monde en images, de prêter vie à toutes choses. Mais la jeunesse n'expliquait pas tout. Ce jour-là, maman a mis le doigt dessus quand de sa faible voix elle a dit : « Oh, mon cher petit Léonard… Tu sais ce que je pense ? Je pense qu'en dépit du fait que Dieu n'existe pas, tu ne peux pas vivre sans le sentiment du divin. Seulement, ta foi est vouée non pas à un vieux bonhomme barbu assis au ciel, mais à une religion de la vie, dans laquelle une certaine force vitale occupe la place centrale. Tu vois partout un esprit qui anime non seulement les êtres vivants, mais aussi les objets, les éléments naturels comme les pierres, le vent, le soleil, la pluie ou la lune, et même des concepts aussi imprécis que la mémoire ou l'avenir. » J'ai cru bon de renchérir avec ce commentaire très éclairant : « Oui, c'est un cas flagrant de biocentrisme, tel que défini par Jean Piaget dans les années mille-neuf-cent-vingt. » Après quoi maman a souri doucement, puis, en m'étreignant de plus belle et de toutes ses pauvres forces, elle m'a soufflé à l'oreille : « Mais c'est surtout pour toi une merveilleuse façon d'agripper le monde et la vie, et de les tenir, si j'ose dire, contre ton cœur. »

48

Nous n'avions encore qu'une idée floue des réalités de la mort, mais nous pressentions dans notre chair, et avec une étrange précision, que nous n'allions pas toujours être là. C'était à croire que ces très jeunes corps qui nous avaient été prêtés en savaient davantage que nous-mêmes. Quelque chose se passait en tout cas, et nos traits commençaient à se modifier. Les yeux de Zelda graduellement devenaient regard, les gestes d'Arthur se transformaient en attitudes. Le petit torse de Zénon, autrefois dressé, se resserrait à présent pour mieux abriter le cœur. Je remarquais que le poing d'Enzo, jadis levé en signe de protestation, s'ouvrait maintenant pour caresser l'épaule de maman. Le pas d'Elliot, plus lent qu'avant, devenait pour lui une occasion de rêverie, et donc d'approvisionnement pour l'imagination ou la mémoire, ou pour l'âme, cette combinaison des deux. Nous vieillissions, nous vieillissions, je ne dis pas le contraire. Mais nous nous sentions surtout avancer vers une réalité au sein de laquelle la beauté des choses et des êtres allait forcément révéler son sens. Pour cette raison même nous devinions confusément que ces six corps, pour un bref moment mis à notre disposition, n'existaient pas en vain.

49

Il faut bien sûr inlassablement commencer par l'âme, mais le temps est venu de parler de maman d'un point de vue extérieur. Ses épaules poétiques, son sourire de littoral espagnol, ses grands yeux verts ou bleus ou gris (on ne pouvait jamais savoir, ça changeait tout le temps) provoquaient toujours chez papa un léger déplacement de plaques tectoniques. On ne peut pas prétendre sérieusement que la foudre les avait frappés le jour même de leur rencontre. Le choc est venu quelques semaines plus tard, quand, après une vingtaine de journées passées ensemble, ils s'étaient aperçus que pendant tout ce temps la vie autour d'eux avait continué. Ce que papa a très vite aimé par contre, c'est la stupéfiante liberté de notre mère, son sens de la solidarité sociale, son réflexe très prompt à condamner ceux qui refusent de penser, son rire comme un acte de paix, son athéisme si doux, sa peine si mal dissimulée. Papa se préoccupait déjà beaucoup à cette époque des grandes questions nietzschéennes, qui relèvent de l'être général, de l'existentiel. Elle désamorçait d'une boutade ses petites bombes ontologiques. Il ressortait toujours plus léger de chez elle parce qu'elle l'obligeait à réfléchir plus simplement. C'est elle qui par exemple lui a appris à se moquer de lui-même, à relativiser le malheur quand le malheur était relativisable. Ensuite deux ans ont passé, puis, le 5 mars mille-neuf-cent-cinquante-trois, ils se sont mariés non pas devant Dieu mais devant le maire Cusson, à l'instant précis où, à Moscou, mourait le révolutionnaire bolchevik et homme d'État soviétique Joseph Staline. Le fermier Bertin, ami de longue date et unique invité à la noce, avait agi à titre de témoin, à cette époque où il n'était encore qu'un jeune laitier plein d'avenir. Dix-neuf mois plus tard, le soir du 25 octobre mille-neuf-cent-cinquante-quatre, Jean Drapeau était élu maire de Montréal par une majorité de cinquante-mille voix. À vingt-deux heures trente, tandis que le dernier bulletin de vote était comptabilisé, mon frère Enzo ouvrait pour la première fois les yeux sur le monde, pavant la voie à une toute nouvelle génération du clan Cresson.

50

« Quel temps fait-il aujourd'hui ? Décrivez-moi un peu le paysage », disait maman, clouée au lit, à peu près incapable désormais de se lever. Alors Zelda lui parlait avec beaucoup de détails du soleil traînant dans la rivière sa main jaune. Elliot tentait de son mieux de dépeindre le ciel coupant à travers le boisé pour se rendre au village. Arthur dressait un portrait assez ressemblant de ces nids spacieux et si confortables que les moineaux dans le jardin les prenaient pour des hôtels de bord de mer. Zénon, qui à son âge écorchait encore un peu le français, évoquait le vent « époustouflique » soufflant à cette période de l'année dans les collines. Enzo décrivait avec une certaine émotion la lumière du jour qui depuis un mois disparaissait vite derrière la remise, ce qui laissait le bouc Ringo pris au dépourvu et comme déboussolé. Puis, après que nous ayons tous parlé, papa quant à lui entamait, en ré majeur, la première partie de l'*Oratorio de Noël*, et franchement c'était comme si on entendait derrière lui les trompettes, les flûtes, les hautbois, l'orgue et les cordes. Parfois aussi le fantôme de grand-père se joignait à nous, mais ni maman ni papa ne le voyaient ni n'entendaient ses descriptions fines, bien plus précises que les nôtres. À mon humble avis, lorsque vous résidez dans la mort, le monde et ses merveilles revêtent pour vous une signification plus haute, prennent un aspect plus ouvertement spirituel.

51

Un soir, tandis que tous les autres étaient dans l'atelier en train de tester avec papa la plus récente de ses chaises, je suis allé m'asseoir au chevet de maman afin de lui faire un peu la conversation. J'ajustais l'oreiller, je remontais la couverture à losanges sur ce corps de plus en plus émacié. Je lui confiais sans le moindre détour mes peines, et la difficulté que j'avais de vivre presque constamment avec la sensation d'une menace, d'un danger auquel je ne pouvais rien parce qu'il était plus grand que moi. « Tu ne crains ni les mots ni les émotions, me dit-elle à la fin. C'est bien, mais méfie-toi, ce n'est pas le cas de tout le monde. Tu rencontreras des gens plus circonspects, moins profusément émus que toi et qui ne souhaiteront pas forcément connaître le contenu de ton cœur parfois aussi bouillonnant que la soupe. » C'est l'un des rares conseils de sagesse que je n'ai pas voulu appliquer à ma vie. Je ne le regrette pas, puisque j'aurai d'une certaine manière déjoué les ans en suivant les directives de cet instinct qui me répétait : « Tu ne passeras ici qu'un court moment. Il sera toujours temps de te taire quand ce cœur aura cessé son petit bruit de moteur à combustion interne. »

52

En octobre mille-neuf-cent-soixante-et-onze, la nouvelle chanson de John Lennon, *Imagine*, était sur toutes les lèvres. Papa avait acheté le quarante-cinq tours et la faisait jouer à répétition sur le pick-up. « Écoutez ça, les enfants, disait-il. C'est la plus grande chanson de tous les temps. » Nous tendions l'oreille, tentions d'imaginer à notre tour un monde désormais pacifié et fraternel, sans frontières, sans pays, sans religions, sans possessions matérielles et sans attirance particulière pour le meurtre ou le crime. Zénon y parvenait mieux que nous autres, peut-être parce que l'enfance agitait encore en lui son grand songe plein de candeur et d'horizon, contrairement à nous qui n'avions déjà plus qu'un imaginaire limité, une vue partiellement obstruée par les hauts murs de l'âge de raison. Et pourtant même lui ressentait un malaise, une menace sourde. Nous nous rassemblions autour du pick-up, écoutions puis réécoutions *Imagine*. La langue anglaise n'était pas notre fort, mais comment le dirais-je, sans pour autant être des devins nous comprenions ce qu'il y avait *au-dessus* de ces mots-là, et bien sûr nous apercevions là quelque chose de beau, mais pour la première fois la beauté refusait de faire en nous son travail de sculptrice, et c'est ainsi que nous vieillissions avant l'âge, et devenions à cause du cancer sans doute des jeunes gens très mûrs en dépit des traces encore fraîches laissées par eux dans l'enfance.

53

Mais ce qui franchement nous broyait, c'était de voir jour après jour notre mère souffrir physiquement. Nous étions les témoins impuissants de cet éboulis, dont le vacarme, le rouge grondement de tonnerre nous terrorisaient. Nous sentions que maman résistait de toutes ses forces, mais à certaines heures la volonté, l'endurance et même la soif de vivre ne suffisaient plus, et on aurait dit que tout en elle cédait, que la lutte obstinée cessait momentanément, au profit d'une forme d'abandon. J'hésite à accorder à l'âme des pouvoirs qu'elle n'a possiblement pas, mais je me dis aujourd'hui que c'était peut-être cette âme qui, du dedans, arbitrait ce combat absurde mené contre la chair et exigeait, les limites ayant été atteintes, de le faire cesser, d'interrompre ces coups violents et répétés frappés sur la porte du malheur. Nous nous remettions en tout cas chaque fois plus difficilement de ces moments de détresse passés dans la petite chambre aux rideaux tirés. En ce temps-là, un infime tremblement de la conscience nous agitait en permanence, qui j'en suis presque sûr agissait simultanément sur la formation de nos destins respectifs. Un instinct étrange, inexploré, nous poussait à croire que cette épreuve si étroitement vécue auprès de maman allait plus tard nous aider à vivre, justement parce que nos petites âmes personnelles, appelées en renfort, intervenaient, s'unissaient secrètement contre l'adversité et la fragilité humaine.

54

Nous nous intéressions à la vie spirituelle, mais toujours en termes de mécanique naturelle. Il nous suffisait pour entretenir la nôtre de coller la joue contre le vitrage d'une fenêtre et d'écouter la rumeur venue du fond des collines, ou d'un coin reculé de la campagne endormie. Nous aimions aussi aller visiter le fermier Bertin pour lui demander de nous faire la lecture de quelques pages de son traité de sagesse. Beaucoup de ces pages-là faisaient état de souvenirs personnels. Les passages qui nous captivaient le plus longtemps étaient toujours ceux où le fermier Bertin racontait ses rapports amicaux avec les bêtes. « Parce que j'aimais la bonté, lisait-il, je ramenais à la maison tous les animaux perdus, blessés, affamés, ou qui n'avaient plus de parents. » Zénon, dont le vocabulaire s'enrichissait un peu plus chaque jour, demandait : « Pourquoi écrivez-vous *qui n'avaient plus de parents* au lieu d'écrire *orphelins* ? » C'était une question moins oiseuse qu'il n'y paraissait. Pourquoi en effet compliquer la lecture plutôt que d'aller droit au but ? « Oh, mais c'est parce que c'est ce que j'ai trouvé de plus musical ! » répondait le fermier Bertin, et alors nous éprouvions une bouffée de bonheur parce que sa réponse nous rappelait papa. Puis nous discutions de choses et d'autres. Notre hôte n'était à mon opinion pas plus croyant que nous, mais l'idée qu'il se faisait de la sagesse incluait toujours au moins quelques paroles évangéliques, peut-être à cause de cette forme d'altruisme dont elles font beaucoup la promotion. Zénon, encore lui, demandait : « Oui, mais enfin, qu'est-ce que c'est que cette histoire, bon sang, qu'est-ce que c'est que cette histoire d'un homme qui marche sur les vagues du lac de Tibériade, qui rend la vue aux aveugles, qui change l'eau en vin, qui *ressuscite* ? » Agacé par ce scepticisme religieux, qu'il jugeait trop précoce pour un si jeune esprit, le fermier Bertin répondait : « Mais que veux-tu que je te dise ? Tous les dieux font des trucs bizarres. Celui des catholiques n'est pas différent. Tu ferais mieux de t'y habituer tout de suite. »

55

Je partais quelquefois en promenade dans les collines avec Ringo, notre bouc chevelu. C'était un admirable compagnon de marche, d'une sociabilité presque canine : chaque inconnu rencontré était pour lui l'occasion d'une fête : soudainement dopé, il trottinait spontanément vers le pauvre homme (ou la femme, ou l'enfant) et s'amusait à lui tourner autour en faisant de petits bonds. La conversation s'amorçait toujours pour moi avec des excuses confuses, mais le sans-gêne dont j'accusais injustement l'animal était en vérité mon œuvre : j'avais voulu cette exubérance, cette liberté et cette danse d'être, cette aisance avec les gens, et orienté en ce sens l'éducation de Ringo. J'ai compris bien plus tard, vers l'âge de trente ans, que j'avais inconsciemment reproduit avec lui le modèle que papa et maman avaient appliqué sur nous. « Aime les autres comme toi-même », pouvait-on lire aussi dans le traité de sagesse du fermier Bertin. Mais le temps nous manquait pour parvenir à nous aimer nous-mêmes. Nous trouvions infiniment moins compliqué, et plus intéressant, d'aimer les autres pour ce qu'ils étaient, tout simplement, et sans trop nous comparer à eux. Même dans cette histoire que je raconte et où un certain Léonard Cresson tient le rôle de narrateur, je m'efforce de n'être qu'un écho, un échantillon d'humanité reconnaissable non pas dans ses faits et gestes personnels, mais plutôt dans le dispositif universel dont je sens chaque jour en moi s'actionner les rouages.

56

Zelda n'avait que onze ans. Enzo, Elliot, Arthur et Zénon, pour expliquer son talent pour la mécanique et le fonctionnement général des machines, parlaient d'une aptitude acquise, le résultat d'une minutieuse observation des objets, des phénomènes et même des êtres. Personnellement, j'optais plutôt pour l'effet d'une prédisposition, d'une tournure lentement préparée dans le ventre de maman, à cet âge d'avant le monde où les mains et l'esprit se confondent et se préparent à toute éventualité, où l'intelligence étudie de près la théorie des forces et des mouvements. Zelda en tout cas est née le 4 avril mille-neuf-cent-cinquante-huit avec la main gauche qui dominait la droite et un penchant très évident pour les mécanismes les plus variés. À la maison, à l'école, dans la forêt, partout, elle s'émerveillait du fonctionnement de toutes choses, démontait chaque objet séparable en ses éléments de base (appareil, moteur, nid, meuble, etc.), le remontait, et rêvait passionnément de devenir mécano. Ce qui nous aidait beaucoup, c'était qu'elle appliquait avec la même aisance ce don au remontage de nos vies. Notre conscience individuelle, nos comportements en société, notre personnalité, notre destin même étaient par elle savamment analysés et, au besoin, rectifiés. Dans les passages plus périlleux de cette vie que nous traversions, nous la consultions avec une sorte d'agitation impavide. Sa façon de lire en nous, de vérifier les courroies, de remplacer les joints de culasse, de resserrer les pièces branlantes puis, satisfaite, de refermer dans un bruit sec le capot nous enchantait. Quand par exemple Elliot, peut-être le plus sensible d'entre nous, se retirait dans la serre pour pleurer, Zelda allait l'y rejoindre avec un chocolat chaud, qu'elle lui offrait avec des mots de courage et d'espoir dont elle seule connaissait l'existence. Oui, c'était comme si elle voyait sous le capot des gens et savait d'instinct comment ajuster les systèmes. Ça n'était pas la sagesse capitalisée dans le traité du fermier Bertin. C'était quelque chose de mieux, un discernement, une maturité d'enfant que nous ne possédions tout simplement pas. En somme, lorsque les atomes du hasard ne se configuraient plus en notre faveur, Zelda nous rafistolait de façon à ce que nous nous conformions plus convenablement à nos destins capricieux. Ces réparations nous permettaient de récupérer le nécessaire : la joie avec sa lanterne qui brûle à l'avant, la foi en l'avenir, et le bonheur, qui, au moins pour un temps, l'emportait sur le chagrin.

57

Les jours passaient. Les nuages gris de l'automne roulaient au-dessus de la maison en faisant leur bruit de larmes. Penché sur l'établi de l'atelier, les mains éclaboussées de sciure, papa écoutait *Nights in White Satin* et écrivait plus fébrilement que d'habitude ses poèmes nuls. On ne voyait plus guère sortir de chaises de cet endroit qui lui servait à présent de bureau. Voici ce que je pense : je pense que cet homme à la sensibilité si fantasque et souvent si douloureuse avait d'une certaine manière cherché, en fabriquant des chaises, à *asseoir* son existence, à l'ancrer, si on veut. Devenir à plein temps fruits et légumes chez Steinberg, chanter tous les dimanches à l'église Saint-Elzéar, épouser maman, conduire une famille nombreuse et boulonnée au réel avait bien sûr pour beaucoup contribué à cette stabilisation, ou à cette mise au pas de son cœur agité. Mais je crois que ça ne lui suffisait pas toujours et qu'il lui fallait, dans les moments difficiles, revenir à son essence de poète, même si sa poésie ne menait nulle part. Un jour, Elliot, dont la pensée de jardinier s'organisait beaucoup en fonction de la multiplication et de la persistance d'une certaine beauté, lui a posé cette question passionnante : « Pourquoi tiens-tu tant à écrire ces choses ? » Le crayon à la main, papa est resté longtemps songeur, fixant rêveusement l'étagère où se côtoyaient *Les Fleurs du mal* et quelques bocaux de clous. « Je ne sais pas trop, peut-être suis-je né comme ça, peut-être ne puis-je pas échapper à ma naissance pleine de préoccupations existentielles et d'inquiétudes pour mon prochain, d'étonnement face à la fragilité des êtres et de joies entremêlées aux soirs de tristesse humaine. Peut-être la poésie, qui en quelque sorte est assise au milieu de la vie, m'aide-t-elle à vivre, tout simplement. » Oh, je m'en veux tout à coup de raconter une histoire pareille alors que ce que je cherche toujours à faire, c'est apporter de la joie aux gens. Mais je n'y peux rien, puisque le travail du penseur, comme chacun sait, consiste toujours à dresser un tableau le plus complet possible du réel, avec ses songes, ses délires, ses hantises, ses appâts, ses fantômes, ses prestidigitations, ses suppositions, ses possibilités, ses insuffisances aussi.

58

Zénon, que la philosophie nietzschéenne intriguait, demandait parfois à papa plus de précisions : « L'âme est-elle vraiment une partie du corps ? Sinon quoi ?» Papa alors coupait le son du pick-up portatif, chose que nous n'aimions pas beaucoup parce que ça interrompait Jean-Pierre Ferland qui chantait *Le petit roi*, *Sing Sing*, *Le chat du café des artistes*, toutes ces chansons éblouissantes résonnant en boucle cet automne-là dans la maison. Puis il se tournait vers nous, nous rameutait, nous serrait contre lui, et, la voix pleine d'une émotion tendre, s'exclamait : « Bon sang, pourquoi me posez-vous toujours ce genre de questions si difficiles, moi qui ne suis qu'un petit oiseau chanteur posté à la fenêtre ? » Zénon cependant ne se laissait pas démonter. « Je voudrais bien savoir, disait-il : et si l'âme n'est pas un morceau du corps, de quoi est-elle un morceau ? » Ça devenait intéressant, je trouve. Nous étions suspendus aux lèvres de papa. « Eh bien, finit-il un jour par admettre, la vérité est que je n'ai pas la moindre idée de ce qu'est l'âme. Tout ce que je peux dire, tout ce que je devine, c'est qu'elle a son utilité (comme la poésie, comme la philosophie), ça oui, mais laquelle, je n'en sais foutrement rien. Est-elle une partie du corps ? Friedrich Nietzsche affirme que oui, mais je n'ai pas son intelligence émouvante, je vous l'ai dit, les enfants : je ne suis qu'un petit oiseau qui chante. » C'est après ça que Zénon a dit cette phrase si incompréhensible et si merveilleuse : « En tout cas, il me semble à moi que l'âme soupçonne quelque chose et qu'elle se prépare. » Et vous vous demandiez en entendant ça d'où venait ce petit garçon de six ans, égaré dans son âge comme au milieu d'un village sans téléphone, et pourtant déjà si sûr de lui, et humainement si prometteur.

59

Une nuit où je ne trouvais pas le sommeil, j'ai entendu à travers la cloison maman quitter son lit, puis marcher péniblement, à petits pas lents, jusque dans la cuisine. Inquiet, je suis allé la rejoindre. Elle était assise à la table et, à distance, regardait quelques étoiles froidement scintiller dans le ciel de cette fin d'octobre. La nuit était profonde, faiblement éclairée par la lueur blanche de la lune. C'est la raison pour laquelle, l'espace d'un court instant, j'ai confondu le corps de maman avec celui de grand-papa, dont le fantôme parfois venait s'asseoir, comme ça, dans la maison. Maman n'a pas paru étonnée de ma venue. Je me suis installé près d'elle, sur la chaise habituellement réservée à Arthur. Ensuite elle a posé sa main sur la mienne en souriant, et, d'un seul coup, c'était à n'y rien comprendre, on aurait dit que le soleil revenait chauffer le monde comme en juin. Puis, poursuivant j'imagine sa réflexion, elle m'a demandé: « Mon cher petit Léonard, dis-moi, qu'est-ce qu'une vie réussie ? » Comme il arrivait souvent dans cette famille dubitative, il n'y avait pas dans mon esprit de réponse spontanée. Je sentais que maman pourtant avait la sienne, que le cancer avait si j'ose dire fait mûrir en elle comme un fruit prêt à la cueillette. C'est ce qui m'a poussé à lui renvoyer la question, et voici donc le moment des choses sérieuses. « Je considère, dit-elle avec un amour presque inouï, qu'une vie réussie est une vie dans laquelle il y a des enfants, des songes dont on sort difficilement, d'inconsolables peines, de la grandeur, des erreurs profondes comme des graines enfouies dans le sol, une tour, une rue paisible, de la clairvoyance et le sens de l'Histoire, assez de place pour le mystère, de la bonté et quelqu'un à qui parler. »

60

Partout la nature s'apaisait, acceptait de bon gré de ralentir ses activités en prévision de l'hiver. Ça ne se passait pas comme ça pour nous : nous gardions globalement notre calme, mais dans nos corps résonnait toujours le martèlement d'un grand galop, c'était je crois la vie qui nous poursuivait, vieille compagne impatiente qui comme toujours cherchait à brûler les étapes. À l'aube, agglutinés aux fenêtres, nous observions les étoiles une à une s'effacer, et presque en même temps le pâle soleil essuyer au ciel les taches de suie les plus récalcitrantes. Les dernières abeilles de la saison s'endormaient au fond des ruches, et dans les champs tous les autres insectes avaient cessé leurs bourdonnements, leurs carillons, leurs bruits de cymbales. Nous nous réunissions derrière la remise, nous écoutions avec une attention soutenue ce silence plein de sous-entendus, partout présent dans la campagne environnante. À la fin, exprimant tout haut ce que nous pensions tous sans le formuler, Zelda disait : « Quelque chose rôde, c'est sûr. » Et nous savions bien évidemment que ce *quelque chose* était la mort. Oui, notre bonheur dans ses grandes lignes tenait le coup, mais voilà ce qui nous occupait intérieurement en ce mois d'octobre mille-neuf-cent-soixante-et-onze.

61

La présence du cancer dans la famille forçait papa à modifier ses rapports avec l'âge. À quarante-et-un ans, il se découvrait pour la première fois de sa vie certaines prédispositions pour la vieillesse. Ça lui arrivait surtout lorsqu'il se comparait à nous, petit groupe isolé, délimité démographiquement par les caractéristiques de l'extrême jeunesse. À table, picorant dans son assiette les repas que nous lui préparions (maman ne cuisinait plus guère, à présent), il nous prenait parfois à témoin et exposait son point de vue : « Comme vous devez me trouver vieux avec dans mes souvenirs l'avènement de la télé, la conscription, les débuts du droit de vote pour les femmes, l'arrivée du frigo à la campagne ! Si j'avais vingt ans, et même dix-sept comme toi, Enzo, j'envisagerais de devenir acteur hollywoodien, ou champion de saut en hauteur. Ça n'est pas du jeunisme, c'est une façon d'être encore au commencement de la vie, alors que me voici en vérité de plus en plus repoussé à sa périphérie. Mais être au commencement de la vie, ça n'est plus tellement possible, maintenant. » Puis ça se calmait, et dans la soirée notre père retrouvait son optimisme normal. Mais pendant quelques heures, nous nous étions étonnés de le trouver certes non pas vieux, mais soudainement si près de le devenir.

62

Le 30 octobre j'ai eu quinze ans, et papa, qui voyait se dessiner mon avenir de métaphysicien, m'a dit : « Tiens, lis ça », en me mettant entre les mains l'imposant *L'Être et le Néant* de Jean-Paul Sartre. J'ai commencé le soir même dans mon petit lit étroit la lecture de ces six-cent-soixante-quinze pages labyrinthiques et exaltantes d'obscurité. Je n'y comprenais rien, mais découvrais, plus encore que dans les *Six études de psychologie* de Jean Piaget, que mon esprit, jusque-là essentiellement traversé de courants d'air, comportait quelques portes soigneusement closes, dont je sentais qu'elles allaient devoir être défoncées. Mon véritable éveil intellectuel date de ce moment-là. J'ai compris au cours de cette nuit de feu qu'en quelque part de moi-même brillait une lampe, ou peut-être un phare, encore inaperçu, et qu'une quantité non négligeable d'intelligence et de sensibilité allait devoir être mobilisée avant que je puisse seulement entrevoir cette lumière. La sensibilité dictait déjà à cette époque la plupart de mes actes, mais l'intelligence me manquait. Je n'étais bon qu'à rêver et à aimer les gens, les bêtes et les paysages. Je ne savais pas que le temps pouvait être consacré à autre chose qu'à, grosso modo, lancer des cailloux sur la surface de l'étang, ou écouter résonner dans le crépuscule les cloches émouvantes de l'église de Saint-Elzéar.

Le lendemain matin, juste avant l'aurore, je me suis empressé d'aller trouver maman dans sa chambre pour lui annoncer cette épiphanie. Elle était déjà bien éveillée, atrocement affaiblie et plus souffrante que d'habitude. Je suis resté longtemps à son chevet, à lui tenir la main, à lui éponger le front, à tenter de lui donner au moins un peu de courage. Au bout d'une heure elle a paru mieux, puis s'est rendormie à peu près apaisée. Ensuite papa est arrivé et a pris le relais. J'ai quitté la petite chambre au moment même où la lumière blême du jour commençait à filtrer à travers les rideaux fermés. Je me suis aperçu alors que je n'avais pas dit un seul mot à propos de *L'Être et le Néant* et de mon éveil intellectuel tout neuf. C'était un rappel brutal, mais, comment le dire sans excès de sentimentalité, je me souvenais que la compréhension à laquelle me donnait accès mon cœur palpitant valait parfois mieux que toutes les notions très ordonnancées du savoir conceptuel.

Erratum

Une modification au montage a malencontreusement supprimé une ligne au début de la page 137, à la 4e ligne. La phrase complète telle que vous auriez dû la lire est la suivante :

« Nous aimions la sage autonomie de ce compagnon qui, par son peu d'exigences, nous ressemblait : un bol d'eau, un ou deux choux-fleurs quotidiens laissés à sa portée, quelques **caresses, une balade dans les collines à ses côtés suffisaient** à son équilibre psycho-émotif. »

QuébecAmérique
quebec-amerique.com

63

À part le bouc Ringo, nous n'avions pas d'animaux à la maison. Nous aimions la sage autonomie de ce compagnon qui, par son peu d'exigences, nous ressemblait : un bol d'eau, un ou deux choux-fleurs quotidiens laissés à sa portée, quelques son équilibre psycho-émotif. Un jour, en rentrant de promenade, le pauvre a trébuché sur de mauvais cailloux et s'est fait une entorse. Peut-être sa frange, que nous tenions à garder longue et retombant sur les yeux, a-t-elle joué un rôle dans ce faux pas. Je n'ai pas envie d'en débattre maintenant, et c'est pourquoi je continue mon histoire. En quelques minutes, la cheville, d'habitude mobile comme une charnière, a enflé puis s'est contractée au point de ne plus pouvoir supporter le poids de cette bête robuste. Des soins infirmiers s'imposaient. Pendant quelques jours, au profit de Ringo alité dans l'atelier et comme abîmé dans sa rêverie de convalescent, Enzo a délaissé ses pinceaux, Arthur a rangé son compas et sa corde à mesurer, Zelda a refermé le capot de la Chevrolet Bel Air, Zénon s'est désintéressé de sa collection de bouchons, Elliot n'est plus allé dans la serre, et j'ai interrompu ma lecture des pages de Sartre. Parfois, au milieu de la nuit, nous l'entendions nous appeler de sa voix chevrotante. Accourus à ses côtés, nous tâchions de soulager ce qui nous apparaissait de moins en moins comme une blessure du corps que comme un froissement de l'âme. Nous rajustions ou restaurions de notre mieux le pansement enroulé autour de la patte. Seulement, nous savions que ces gestes amicaux confortaient surtout cette part plus insaisissable qui, en toute chair, n'est pas faite pour la solitude et la souffrance, mais pour la vie partagée, les jeux, la désinvolture et le ravissement.

64

Par miracle, un matin du début de novembre, maman, soutenue par papa, a trouvé la force de se lever et de nous rejoindre à table pour le déjeuner. Notre père, qui en dépit de son chagrin conservait son sens de l'humour, s'était coiffé de son chapeau de pêcheur décoré d'appâts divers et de ménés en plastique, chose qui, avec le discret et irrésistible sourire de maman, a beaucoup détendu l'atmosphère. Après quoi, à table, nous avons tous été très heureux et avons profité de l'occasion pour admirer le beau visage de notre mère, qui, même ravagé, nous rappelait encore celui de Françoise Hardy quand elle chantait *Comment te dire adieu* à la télévision. Pendant le repas, mes frères, ma sœur et moi avons bien ri, mais sans cause particulière, je dirais, hormis le fait qu'il faisait bon d'être parvenus, à notre âge, à ce si haut niveau de concorde. On voyait par la fenêtre le ciel presque culminant se hisser encore un peu. Parce que la maison était si accueillante et la campagne, là, dehors, si pleine d'enluminures, de silences généraux et d'oscillations spontanées, nous ne manquions de rien et n'étions ni apeurés, ni désillusionnés, ni découragés. Le soleil pendant ce temps poursuivait sa flânerie, jusqu'au moment où maman a dit qu'elle était fatiguée et qu'elle souhaitait aller se recoucher. Ensuite nous l'avons tous escortée jusque dans la chambre et l'avons mise au lit. Puis la journée a passé sans que rien arrive, mis à part notre bonheur qui persistait à côté de notre douleur morale. Il n'y a pas eu de lune cette nuit-là, et peu d'étoiles. Qu'importe : l'étude des astres ne nous aurait de toute manière servi à rien. C'était sur la Terre qu'il fallait chercher les sources de notre bonne fortune.

65

Je m'étais levé tôt, j'avais enfilé mon vieux pull-over rouge avec une tête d'orignal sur le devant puis j'étais sorti respirer l'air froid de cet automne en train de laisser en nous tous une trace ineffaçable. Il faisait beau, le ciel découpait dans ses retailles quelques geais bleus, puis leur laissait le loisir d'aller et venir à leur guise entre la serre et le toit de la maison. On voyait le réel glisser très doucement le long de la remise, et de son grand songe éveillé monter d'émouvants souvenirs d'enfants. Vers les sept heures, Elliot est venu me trouver dans l'allée centrale du jardin. Nous sommes restés un moment à échanger des banalités, comme on échauffe un muscle avant un effort plus intense, puis mon frère a commencé à dire des choses intéressantes. « Une idée m'est venue l'autre jour, me dit-il, et je n'ai pour l'expliquer que mes théories de jardinier. J'ai observé que les asters, les soucis et les reines-marguerites poussaient plus vigoureusement, et réagissaient mieux au froid de l'automne, lorsqu'elles partageaient dans les plates-bandes le même carré de terre. Si nous ne nous écroulons pas de chagrin, peut-être est-ce parce que nous éprouvons dans cette famille les effets bénéfiques d'une sorte de côtoiement de fleurs. » C'étaient des paroles qui vous incitaient à la rêverie. Nous n'étions pas, quand il le fallait, dépourvus de réalisme, mais, puisque nous avions toujours été encouragés par nos parents à ne pas craindre notre imagination, Elliot a poussé encore plus loin sa théorie : « Mais peut-être aussi nous sommes-nous connus avant, non pas dans une vie antérieure, comme on le dit parfois un peu rapidement, mais dans une vie à côté de celle-ci, dans laquelle vivent, souffrent et aiment des êtres psychiquement plus forts, et qui l'espace d'un instant nous font signe de les suivre puis nous enseignent comment résister à la peine. Qui sait ? Peut-être d'ailleurs le fantôme de grand-papa nous arrive-t-il de cet endroit voisin du nôtre. » Ça devenait très impénétrable, mais quelque chose dans la nature ambiante nous disait que tout était possible, il y avait tant de mystères irrésolus.

66

Arthur n'a pas toujours été un garçon cartésien, marchant à pas mesurés dans le jardin et dans le sentier, muni de sa corde et de son compas. Lorsqu'il avait six ou sept ans, mon frère allait parfois trouver papa au salon parmi ses disques pour lui dire ceci : « Je viens d'une autre planète. » Notre père alors soulevait avec douceur le bras du pick-up portatif, retirait le microsillon de sur le plateau, le remettait dans sa pochette, puis, se calant dans le large fauteuil à motifs, demandait calmement : « Hu-hum ? De quelle planète ? » S'engageait aussitôt entre eux une conversation surréelle à propos de la naissance (obscure) d'Arthur parmi ceux de son espèce (indéfinie), du long voyage (discutable) qui l'avait amené sur Terre, puis de son existence (hésitante), depuis, au sein de la civilisation terrestre moderne. Papa se prêtait admirablement au jeu, posait ses questions avec sérieux, répondait à celles d'Arthur de la même manière, acceptait avec grâce de se plier aux exigences de l'esprit extravagant et encore asymétrique de son jeune fils. Je le mentionne parce que je crois de plus en plus que cette attitude de la part de papa contribuait pour beaucoup à l'éducation cognitive de mon frère. Je ne dis pas que ça faisait de lui un enfant d'une intelligence supérieure : Arthur continuait à ne pas tout comprendre le mardi ce qu'il avait commencé à saisir le lundi. Mais enfin, je crois que ça faisait de lui un plus paisible habitant de la Terre.

67

Dans la nuit du 17 novembre, j'ai rêvé de maman. On ne peut pas dire avec certitude qu'il s'agissait de sa personne physique, parce qu'il y avait sur son visage la clarté aveuglante de quelques étoiles avancées. J'étais sûr pourtant que c'était elle, parce que je sentais palpiter entre nous quelque chose (les particules de l'amour et de la connivence, à l'évidence) de mystérieusement *structurant*, un système ordonné. Et cependant, à ma question « Qui es-tu ? », elle ne savait pas quoi répondre, ce qui somme toute est compréhensible puisque les songes, si on admet qu'ils ne sont pas indiscutablement réels, ne peuvent générer des êtres explicables, y compris pour eux-mêmes. Mais, puisque j'insistais avec ma question, maman reprenait son idée et s'efforçait comme toujours de trouver les mots justes, évitait visiblement de recourir aux acrobaties mentales que les gens bien éveillés utilisent en général pour déchiffrer l'indéchiffrable. La suite est plus floue, mais je me souviens que papa est arrivé avec une chaise fabriquée par lui, qu'il s'est assis dessus, et qu'il a tendu l'oreille pour écouter dans les lointains Charles Baudelaire ensemencer le monde avec une poignée de ses plus beaux vers. Puis le soleil a cogné à la vitre et d'un seul coup on était le 18 novembre.

68

Nous ressentions douloureusement les effets de notre inculture et de notre ignorance. Nous profitions de notre passage dans l'atelier pour demander à papa de nous prodiguer des conseils sur la façon d'enrichir notre pensée. Il disait: « Je suis toujours heureux de discuter avec vous, les enfants, mais je ne sais pas quoi au juste vous dire quand tout à coup la conversation glisse sur ce sujet. Je crains de n'être pas un bon exemple. J'ai mis de longues années seulement pour commencer à comprendre comment assembler mes idées, comment interpréter le silence qui les sépare, et comment aussi, un peu comme toi, Elliot, m'approcher avec elles de l'art du botaniste, qui dispose dans son herbier les plantes destinées à être conservées. » Nous comprenions alors que ça risquait d'être long, que nous n'étions pas dans un groupe d'âge favorable à la maturation de la réflexion. Papa donnait quelques coups de rabot, puis reprenait: « Peut-être aussi parce que mon esprit est au fond essentiellement désordonné, je n'ai pas appris à placer les concepts, les images, les théories, les croyances et tout ce matériel cérébral bien en ordre dans ma tête, ce qui a pu parfois nuire à ma réputation. Ça n'est pas pour rien que j'aime Nietzsche: c'était un homme très ordonné sur le plan cérébral. » Nous poussions des cris, nous protestions avec énergie. L'esprit de notre père ne nous paraissait pas du tout, à nous, désordonné. C'était bien sûr un ordre, je dirais, aléatoire, dépendant du hasard, risqué. Mais enfin, c'était un ordre. « J'ai fini en tout cas par me convaincre, poursuivait-il, que la réflexion n'est jamais une affaire de modes, mais bien plutôt son exact contraire, et doit être assez semblable justement à un herbier, dont les éléments s'opposent au temps non pas en s'asséchant, mais par l'effet d'une espèce de silence de leur matière vitale. Il est possible que vous découvriez tout cela en temps et lieu, mais en attendant, et sans vouloir vous commander, voici ce que je vous suggère : ne succombez pas aux engouements et aux goûts du jour. Soyez austères mais prenez votre joie au sérieux. Faites en sorte que votre existence soit cosmique et régionale, ombreuse et solaire, superstitieuse et pragmatique, irradiante et recueillie. Songez que la poésie, qui est le vrai nom de la vie, est toujours en rapport avec la mort, à laquelle vous devez penser avec affabilité, pour ainsi dire, malgré une certaine aversion naturelle. »

69

Un jour, pendant que sonnait midi, nous avons regardé passer au-dessus de la maison des centaines de bernaches quittant pour le sud leur habitat estival. Comme ratissant le ciel, les grandes formations en V se succédaient, astucieuses configurations permettant l'effet de *tirant* bien connu des coureurs cyclistes. À un moment, un de ces grands oiseaux s'est tout à coup détaché du groupe de queue, puis a dévié carrément de la trajectoire indiquée par le commandant volant en tête de peloton. Trente secondes à peine lui ont suffi pour s'assurer du libre accès à l'espace aérien, s'aligner sur l'étang, effectuer son approche, appliquer les aérofreins et se poser dans un mouvement d'une attendrissante douceur sur la surface de l'eau. Ensuite il a passé un bon moment à nager en paraissant réfléchir. À la fin, il s'est dirigé vers la rive, a fait quelques pas de course sur la terre ferme, puis, ouvrant ses larges ailes, s'est envolé presque à la verticale, comme le faisait au bout de sa corde le cerf-volant d'Arthur sous la brusque impulsion de l'air. Une fois atteinte l'altitude requise, il s'est éloigné puis a disparu en direction du nord, à l'opposé, en vérité, de ce que la nature lui commandait au départ. Alors Elliot a dit ceci, que nous avons trouvé d'une formidable vérité psychique :

« Comment savoir si nous devons oui ou non obéir à la nature, et prendre la direction qu'elle nous pousse à prendre ? Et si nous étions les seuls à décider ? »

70

Nous attendions l'hiver, lisions des livres, fréquentions l'école, étudiions peu, visitions maman dans la chambre, perdions beaucoup notre temps, n'embêtions personne avec nos tourments d'enfants et d'adolescents. Nous n'étions heureusement jamais tenus d'aller à l'église, mais, un dimanche, papa nous a priés de l'accompagner à la messe de onze heures pour écouter le motet de Jean-Sébastien Bach, *Jesu, meine Freude*, qu'il avait pratiqué durant toute la semaine et qu'il trouvait particulièrement émouvant. Cette invitation, ça n'avait rien de directif, c'était, on peut le dire ainsi, sa façon d'être en vie, il fallait toujours qu'il partage ce qu'il jugeait beau. Alors le fermier Bertin est venu s'occuper de maman, puis nous nous sommes alignés sur la banquette arrière de la Chevrolet Bel Air. Un demiard de lait au chocolat Perrette entre les mains, nos tuques bien vissées sur la tête, nos épais manteaux zippés sur nos poitrines, nos foulards bariolés négligemment enroulés autour du cou, nous nous sommes un quart d'heure plus tard entassés sur le banc de bois numéro douze de l'église Saint-Elzéar. La messe nous a comme prévu à demi anesthésiés, mais lorsque, au jubé, la chorale a entonné *Jesu, meine Freude, meines Herzens Weide* (*Jésus, ma joie, la prairie de mon cœur*), une grande joie réanimatrice nous a saisis. Jésus lui-même ne comptait pour rien dans ce bonheur supérieur, d'une ahurissante douceur. Ce qui nous soulevait franchement, et nous faisait tout à coup vider bien plus goulûment nos demiards, c'était bien sûr la musique de Bach, mais surtout le fait que papa avait tenu à nous faire connaître ce chant si merveilleux. Après la messe, nous sommes allés le retrouver au jubé. On s'étonnait autour de nous de cet attroupement de très jeunes gens enserrant de leurs bras le choriste Cresson. Le curé, venu féliciter les chanteurs et chanteuses, a quant à lui beaucoup insisté sur la splendeur du texte « presque céleste » de l'œuvre interprétée. Alors notre père a pris la parole en ces mots : « Oh, je pense que ce motet est l'une des plus magnifiques mélodies jamais composées. Mais il m'arrive de sourciller en repensant à son message. Je ne voudrais pas simplifier les choses injustement, mais, en gros, on peut le résumer ainsi : la mort est bienheureuse, et l'homme est de nature spirituelle. Je veux bien, mais songez un peu à ceci : ma femme, qui à la maison ces jours-ci souffre atrocement dans sa chair, aime à ce point ses enfants qu'elle ne se résigne pas à quitter ce monde. Pour elle, cette mort certaine qui l'attend à court terme n'a rien de bienheureux, et ce corps dont elle maudit chaque jour la douleur n'a rien d'immatériel. C'est pourquoi je souhaite si vous me le permettez rappeler devant vous cette banalité qui pourtant me paraît bien plus importante que le message biblique : peut-être sommes-nous tous de nature spirituelle, peut-être bien. Mais c'est tandis que nous sommes vous et moi encore bien vivants qu'il faut glorifier cette vie terrestre qui permet d'être les uns auprès des autres dans la simplicité de l'amour et la vérité de l'attachement. »

71

Le 20 novembre, Zelda-la-mécanicienne portait à notre attention un entrefilet paru dans le *Petit journal de Saint-Elzéar.* « Les Américains, a-t-elle lu, s'apprêtent à commercialiser le premier microprocesseur, l'Intel 4004. » Cette innovation, apprenait-on, marquait l'avènement de la première génération de micro-ordinateurs, dont la puissance était déjà comparable à celle de leur ancêtre, l'ENIAC (gros comme une maison, trente tonnes, cinq millions de soudures faites à la main). L'annonce a remué en nous quelques insécurités. Nous nous demandions si nos propres intelligences, même regroupées, allaient nous être au moins un peu utiles pour traverser le deuil. Les autres ne savaient pas trop, mais j'avais ma petite idée sur le sujet : ce que je pressentais plus que jamais, c'était que toute l'intelligence du monde n'allait pas suffire. Ce qu'il nous fallait mettre à profit, et renforcer, c'était nos cinq millions (ou plus) de soudures à nous, cet attachement affectueux dont nous sentions les invisibles effets se produire entre nos six jeunes personnes, entre nos six jeunes cœurs gros comme des maisons.

72

Parce que nous sentions le cancer gagner sur nous, nous retournions visiter chez lui le sage fermier Bertin. Arthur, avec son esprit d'arpenteur capable d'aplanir mentalement les accidents de terrain, était le meilleur pour dire les choses carrément. Une fois, il a posé cette question simple et dure à entendre : « Comment rester serein même s'il y a la mort au bout ? » Notre hôte était alors devenu très pensif, on devinait qu'il faisait le tri dans sa mémoire encombrée, qu'il y déplaçait les objets et cherchait à y circuler plus librement, peut-être pour atteindre une fenêtre et l'ouvrir enfin. « J'exècre tous les sports et tout ce qui, avec eux, fait souffrir le corps, finit-il par dire. Mais à part peut-être tous ces jeunes gens qui dans cinq ans viendront à Montréal assouvir leurs ambitions olympiques, il n'y a pas de marcheur plus endurant que moi. Il y a vingt ans environ, je suis parti d'ici avec mon bâton à la main et j'ai marché durant sept heures. Je n'avais ni chagrin à épuiser, ni difficulté à résoudre, ni miroir dont je cherchais à m'éloigner. Mon seul objectif était de voir jusqu'où pouvait me mener ce corps récemment entré dans la cinquantaine et tout juste sorti d'un long passé de démesure, et sauvé de justesse de la casse, si vous me permettez cette expression de marchand de ferraille. » Pour nous l'image était belle, mais inappropriée, car on entendait toujours distinctement au milieu de ce corps battre un cœur tendre, chose qui ne se produisait jamais lorsque nous collions l'oreille sur le capot de la Chevrolet Bel Air, par exemple, ou sur celui du vieux tracteur McCormick mille-neuf-cent-cinquante-trois garé dans la grange de la ferme Bertin. « J'ai marché comme ça pendant sept heures, continua-t-il, puis je me suis couché dans un champ et j'ai dormi je ne sais plus combien de temps. À mon réveil la nuit était tombée, les grillons chantaient et la lune promenait sur le monde sa lumière phosphorescente. Plus haut, des millions d'étoiles clignotaient. J'ai repris la route en sens inverse et marché pendant sept heures encore. L'aube se levait lorsque j'ai finalement poussé la porte du jardin. Ma femme, qui, depuis minuit, m'avait patiemment attendu sous le peuplier, est venue m'accueillir en souriant. Puis la vie a continué, mais plus calmement, il me semble. J'étais métaphoriquement allé au bout de moi-même, en quelque sorte, et pourtant j'avais, au-delà de cette limite, encore aperçu quelque chose. C'est ce que je voudrais vous faire comprendre, les enfants : même lorsqu'on la croit terminée, la vie continue toujours. Il y a toujours quelque chose. »

73

Un jour, sans même que papa l'appelle à la rescousse, le fermier Bertin est arrivé chez nous. « Allez faire un tour, les enfants, nous a-t-il dit d'emblée. Je vais rester avec votre père pendant ce temps. » Je crois qu'il comprenait le danger pour nous d'être exposés si quotidiennement à la souffrance. Rétrospectivement, on peut dire qu'il avait raison, parce qu'il est certain que mes frères, ma sœur et moi avons conservé de cette période si dure non pas un traumatisme psychique, mais une forme de mélancolie du corps. On le voit bien, aujourd'hui encore, à ce crépuscule qui s'attache à chacun de nos gestes d'adultes. Mais enfin, ce n'est pas un chapitre de l'histoire consacré à nous, mais plutôt à ce jour de novembre mille-neuf-cent-soixante-et-onze où le fermier Bertin est venu visiter notre père. J'ignore tout de la conversation qu'ils ont pu avoir ensemble cet après-midi-là, tandis que, nos foulards autour du cou et nos tuques enfoncées jusqu'aux yeux, nous errions comme des chèvres dans les collines. Mais je me souviens que vers les trois heures, la forêt en contrebas s'est mise à bouger délicatement, question j'imagine de ne pas troubler les songes des bêtes ensommeillées. Ensuite, quelques nuages, comme propulsés par l'élastique d'un lance-pierre, ont bifurqué à toute allure vers l'ouest, en direction de la vaste plaine agricole. Dans les minutes d'après, les oiseaux ont quitté les nids, se sont rassemblés en petites troupes tapageuses dans les bosquets et se sont mis à tambouriner sur les branches avec leurs craies de couleurs. Voici donc l'occasion pour moi de contredire la rumeur qui veut que rien ne se passe plus dans la nature lorsque l'automne est si avancé. Ce n'est pas parce que les poètes disent qu'en novembre la nature est endormie qu'il faut tout prendre au pied de la lettre et tenir pour acquis qu'il n'y a plus rien à observer. Tenez, moi qui vous parle, j'ai encore vu à peine plus tard ce même après-midi la clôture à piquets pointus déplacer son ombre de quelques degrés sur la gauche, puis le ciel tournoyer au-dessus de la maison. On apercevait aussi, par la fenêtre de la cuisine, papa et le fermier Bertin assis à table, penchés l'un vers l'autre et souriant doucement, comme dans les confidences libératrices.

74

Nous mangions beaucoup, comme d'habitude, mais comment dire, nous puisions surtout parmi nos modestes réserves d'enfance. Depuis le début du mois les collines restaient figées par le froid, et les innombrables fleurs qui durant tout l'été s'y étaient côtoyées étaient bien disparues. Nos destins respectifs, qui nous précédaient toujours d'un kilomètre environ, s'arrêtaient parfois et nous laissaient les rattraper, mais ça ne durait pas, et alors nous devions recommencer à agir sur le hasard, à miser sur notre chance, à nous appuyer de tout notre poids sur l'amour. Nous n'avions pas reçu, comme maman, l'esprit, la grâce, le charme et l'éloquence. L'art du discours pour nous se limitait à quelques questions d'ordre pratique, par exemple : « Qui sommes-nous quand nous dormons ? » Nous examinions de près la collection de papillons épinglés dans les albums du fermier Bertin, nous réfléchissions tout haut à leur étrange beauté pétrifiée, émouvante pourtant. Nous tournions les pages du traité d'anatomie humaine comparée, nous cherchions à savoir où au juste se situait le siège de l'âme, mais la science à ce sujet était contradictoire, et nous nous endormions le soir avec une notion vague, et nous rêvions que maman mourait vaguement, nous ne parvenions pas à trancher la question à savoir si son corps allait oui ou non laisser quelque chose derrière lui. Nous nous rendions de plus en plus souvent au cimetière pour y poser nos mains sur la pierre fraîche des stèles, nous nous exercions, nous nous exercions.

75

Dans la soirée du 24 novembre, je suis allé, seul, voir papa dans l'atelier. Je l'ai trouvé accoudé à l'établi, un crayon Staedtler à la main, en train de composer quelques vers, qu'il a cru bon de me lire. Un contrôleur de la qualité plus sévère que moi lui aurait à peine accordé ce soir-là la note de passage, mais il fallait dépasser l'aspect extérieur de ces vers-là. La plupart étaient traversés d'une douleur obscure et dévorante, très exceptionnelle pour cet homme d'habitude si positivement ému, chantant, spécialiste de l'optimisme. Ce qui vous fendait le cœur, ce n'était pas tant les mots de ses petits quatrains malhabiles, mais l'âme qu'on voyait, au milieu, faire de grands gestes désespérés pour éviter la noyade. « J'ai beaucoup réfléchi, me dit-il calmement, à la fin de sa récitation. J'ai réfléchi et je me suis dit que, lorsque ta mère aura disparu, je voudrais entrer dans une vie de contemplation. Oh, ne t'y trompe pas : je resterai bien à ma place auprès de tes frères, de ta sœur et de toi-même. Je tâcherai de mon mieux de préparer pour vous des repas sans purée de navets. Je demeurerai ce commis aux fruits et légumes accomplissant avec dévotion son travail chez Steinberg, sous le regard bienfaisant de son patron. À l'église de Saint-Elzéar, durant la messe de onze heures, ma voix résonnera encore au milieu de celle des autres choristes.

J'écouterai encore mes microsillons, relirai Nietzsche et Baudelaire, fabriquerai des chaises. Je vous conduirai quand il le faudra chez Woolco ou chez Greenberg pour y acheter vos vêtements, je veillerai à l'entretien de la maison, je continuerai d'être ce père de famille aimant, inculquant à ses petits les rudiments d'une éducation solide et apaisante. Mais ce sera une existence simplifiée au maximum, vouée pour l'essentiel à l'observation du monde, à l'approfondissement de cette suprême discrétion à laquelle le mystère de ce monde m'incite depuis le premier jour. »

76

Nous comptions les jours qui nous restaient à vivre sur la Terre avec maman. Nous observions le ciel lentement se résigner, puis se pencher, ramasser au pied de la colline ses retailles bleues. Nous nous découvrions, et papa aussi je crois, soudainement plus vastes que prévu. Nous jouissions encore de la vie, mais plus lourdement, et avec une certaine cécité dans les gestes. On aurait dit que l'avenir était parti en refermant derrière lui la lumière. Il y avait toujours eu trois ingrédients principaux dans notre vie familiale : du concret, des images, des émotions. Il s'en ajoutait un quatrième, désormais : la pluie. C'était comme s'il pleuvait en permanence dans nos corps et dans nos esprits, dans la maison, dans l'atelier et dans nos lits, chez Perrette ou chez Steinberg, à bord de l'autobus jaune qui nous conduisait à l'école, sur la tête chevelue du bouc Ringo, dans la grange du fermier Bertin où nous allions, les samedis après-midi, tenir compagnie à la vache Henriette. Et puis, il ne suffisait plus maintenant que le fantôme de grand-père nous visite durant les heures de veille. Le soir, lorsque dans nos chambres respectives nous éteignions la lampe, c'est nous qui visitions les gens de l'au-delà. Je faisais pour ma part toujours le même rêve affolé : dans la mort, un surveillant de nuit m'accueillait avec son gros trousseau de clés, ouvrait pour moi une porte dérobée, derrière laquelle des ouvriers s'affairaient à réparer le crépi effrité du ciel. Bon sang, qui étais-je ainsi quand je dormais ? Un cueilleur, peut-être, qui dans le sommeil se baissait pour ramasser ce que son cœur avait semé durant le jour.

77

Ça devenait franchement difficile pour elle. Nous la voyions dépérir presque d'heure en heure, à présent. Les maigres repas que papa ou le fermier Bertin lui préparaient et lui servaient au lit restaient pour l'essentiel intouchés. Un soir, après lui avoir souhaité bonne nuit puis bien replacé les draps, nous nous sommes réunis tous les sept dans la cuisine. Tandis que nous discutions avec papa, nous avons vu son âme sortir discrètement de lui, franchir la distance séparant la table de la porte d'entrée et s'évaporer en douce dans le jardin. C'est connu : les âmes sont davantage à leur aise dans les corps apaisés. Sinon, elles préfèrent rester à l'écart, et attendre avant de rentrer au bercail que les grands remous cessent à l'intérieur. Nous avions vu mille fois ce phénomène se produire dans notre propre chair. Le plus souvent, c'était au plus fort de quelques importants travaux de rénovation entrepris sur notre vie. Nos âmes dans ces moments-là nous désertaient et allaient se mêler aux feuilles des arbres, ou sinon vous les aperceviez en train de se prélasser dans les herbes hautes des collines. À l'école, chez Steinberg, chez Woolco, partout, on s'étonnait de nous voir, pendant ce laps de temps où nous étions séparés de nos âmes, trembler à la moindre émotion, à la moindre secousse du monde. Mais que voulez-vous, nous n'y pouvions rien, il fallait attendre la fin des travaux.

78

Nous sentions plus que jamais la mort traîner autour de la maison, mais n'avions rien à lui opposer, rien qui aurait pu la faire reculer au moins un peu. Le fermier Bertin ouvrait alors pour nous son traité de sagesse à la page cent vingt-neuf et lisait à voix haute ces quelques mots: «On dit souvent que les choses n'arrivent pas pour rien. Il m'apparaît au contraire qu'elles ne font que ça, arriver pour rien. Mais n'est-il pas formidable qu'il n'y ait derrière toute chose aucune motivation particulière, hormis peut-être le miracle de l'existence, ce très pur contrepoids de la mort?»

79

Tout s'écroulait. Le 27 novembre à quatre heures douze de l'après-midi, la sonde soviétique *Mars 2* s'écrasait sur la planète rouge. Le 28, le ciel au-dessus de Saint-Elzéar se chargeait de lourds nuages menaçants, puis, en soirée, déversait sur les maisons, dans les collines, dans les rues et dans les champs une neige pesante, accablante de solennité. Le lendemain, un de nos héros du petit écran est mort. Olivier Guimond nous avait fait crouler de rire, à peine un an plus tôt, dans son rôle du soldat ivre surveillant la maison cossue d'un Canadien anglais de Westmount. Trois jours durant, cent mille personnes sont passées au salon funéraire pour se recueillir devant la dépouille. Vingt-cinq mille autres se sont rassemblées autour de l'église Saint-Alphonse d'Youville, à Montréal, où ont eu lieu les funérailles. Cette mort était pour nous une répétition générale. Oh, nous ne nous attendions pas à ce que la foule débarque dans la petite chambre où maman se préparait de son mieux à cesser de vivre. Nous savions déjà que son dernier souffle n'allait pas être très différent d'un battement d'aile discret, peu ébruité : personne à part nous, papa et le fermier Bertin n'allait s'apercevoir de cette subtile perturbation dans l'ordre du monde. Mais dans nos six poitrines, six jeunes cœurs équivalents à la ferveur de cent mille se préparaient, dans les larmes et le courage, à prendre le relais de celui de notre mère.

80

Puis, le dernier jour de ce mois de novembre, nous avons entendu la voix de grand-papa qui nous appelait avec plus de douceur que d'habitude. Nous sommes sortis tous les six dans le froid de cet hiver hâtif et avons marché jusqu'au sommet de la plus haute colline. De là-haut, on voyait la vaste étendue enneigée des champs agricoles, et, au-delà, le clocher de l'église Saint-Elzéar et les premières maisons du village. Plus loin vers la gauche, il y avait les pâturages désertés de la ferme Bertin. Embrassant l'horizon, Zénon s'est exclamé : « Comme c'est beau ! » Au-dessus de nous, de grands nuages gris traversaient le ciel en faisant quelques taches au passage, comme les gauchers quand ils écrivent dans leur cahier et que la main traîne sur la page. La campagne chancelait très légèrement et les rares oiseaux encore présents dans les parages se taisaient, assoupis peut-être par ce mouvement de berceau. Ensuite, je voudrais le dire avec plus de précision mais désolé je n'y arrive pas, ensuite quelques copeaux de bois sont tombés de nos six âmes et se sont mêlés à la substance de nos vies. Après ça nous n'avons rien fait, puis au bout d'un moment le crépuscule est venu, la lumière a modifié l'agencement de ses photons et nous avons contemplé sans trop parler le soleil lentement s'enfoncer dans la terre. Là-bas, la voix très douce de grand-père s'est tue, et l'espace d'un court instant le temps s'est arrêté, chose rare dans le cours d'une existence. Quand ça s'est arrangé, nous avons repris le sentier en sens inverse pour rentrer à la maison. Autour de nous quelques étoiles tombaient en faisant un bruit de feuilles mortes.

81

Lorsque j'y repense, il me semble que maman est morte à la fois trop tôt et trop tard. Trop tôt parce que vous n'êtes pas censé mourir à quarante ans, avant d'avoir épuisé toutes vos réserves de bonheur, de sourires, de douceur et d'amour. Trop tard parce que plutôt qu'en novembre, les gens devraient mourir au plus fort de l'été, tandis que la nature est comme penchée par en avant, si j'ose dire, à la façon d'un portier très déférent qui, soulevant sa casquette, vous accueille sous le porche puis vous ouvre la porte. Surtout, j'ai trouvé la fin de maman trop décousue : l'incinération de son corps, puis la dispersion des cendres dans les collines, m'ont laissé songeur. À mon humble avis, ses atomes, répandus au vent léger, sont retournés de manière bien désordonnée dans la matrice du grand Tout. Ça n'est pas ainsi que vous renouez avec les grandes figures unificatrices du ciel et de la terre. J'aurais préféré que notre mère passe au moins les premiers moments de son éternité bien allongée sous la pelouse du cimetière, délivrée désormais de la douleur, apaisée enfin. Je ne veux pas suggérer par là que la chair une fois *éteinte* puisse encore servir, et que les sens puissent encore dans l'au-delà percevoir les détails qui, du temps de la vie, importaient tant. Mais je trouve rassurant de penser que le corps, une fois privé de son usage terrestre, repose enfin en la seule compagnie de lui-même, et qu'il n'ait plus à sans cesse consulter son esprit, sa conscience ou même son âme. Oh, mais je m'égare encore. L'âme, le corps, la vie, la mort, ce ne sont pas du tout les sujets que je voulais aborder dans ce nouveau chapitre de mon histoire elle-même si décousue. Ce que je souhaitais dire, c'est que le soir où nous sommes devenus orphelins, la lune s'est levée au-dessus de la maison et, comme dans une gare, a commencé à se faufiler entre divers astres eux aussi de passage dans cette portion très achalandée de la voûte céleste. Ensuite nous est parvenue, venant du fond du jardin, la toute dernière note de guitare de l'innocence, que nous venions de traverser tous les six ensemble, épaule contre épaule, en quelque sorte. Et dans le cœur de chacun de nous, alors que le ciel se couchait sur le côté droit de la terre, un petit oiseau a refermé ses ailes puis s'est endormi comme au milieu d'une haie.

82

Le 16 décembre, toute la famille est embarquée dans la Chevrolet Bel Air et nous sommes allés voir en ville le western *Les Pétroleuses*. En vérité nous n'avions pas le cœur à la fête, et ni Brigitte Bardot ni Claudia Cardinale ne nous faisaient beaucoup rire. Mais nous étions heureux de laisser pendant une heure ou deux nos esprits sortir de nos corps, s'éloigner pour aller rejoindre quelque endroit connu d'eux seuls où l'on sert, peut-être, un demiard de lait bien froid. Papa était plus gravement méditatif. Dans la salle obscure, nous l'observions à la dérobée fermer périodiquement les yeux, comme si un autre film était projeté à l'intérieur de lui. Puis, quand le générique a commencé à défiler sur l'écran, nous sommes sortis tous les sept dans la rue pour nous dégourdir les jambes. Noël approchait, les gens autour de nous étaient joyeux, ils s'enlaçaient en marchant sous la neige, il y avait beaucoup de clochettes et de grelots dans leurs conversations. Nous les arrêtions un instant, nous les interrogions au sujet de leur bonheur, de ce qui les faisait souffrir, de leur façon d'aimer et de détester, de leur vision de la mort, de leurs regrets et de leur plaisir de vivre. Même si la plupart étaient surpris par nos questions, les réponses étaient le plus souvent captivantes, car sauf exception les gens au fond aiment discuter de ces choses-là. Papa quant à lui ne posait pas de questions, il se contentait de sourire très délicatement et de dire à ces passants : « Ce sont mes enfants. Soyez indulgents, ils ont vu la mort de près, récemment, alors ils se cramponnent à la vie, c'est normal. »

83

L'année s'achevait doucement. Un soir vers les cinq heures, nous avons encore vu l'homme des pompes funèbres passer en complet sombre devant la maison, puis s'éloigner cette fois au bras de notre enfance, pour ensuite disparaître avec elle dans les dernières lueurs du jour. Les effets de l'âge ont commencé à se faire sentir, je dirais, au milieu de la soirée. Mises à part quelques années où nous avons dû nous consacrer à repositionner les bornes du destin déplacées par le grand vent, à réaménager le parterre de fleurs dans le fond de la vie, à rétablir le courant dans la vieille grange de nos cœurs, nous avons par la suite toujours cherché pour l'essentiel à rendre hommage à cette enfance à jamais évanouie par un beau soir du mois de décembre mille-neuf-cent-soixante-et-onze. Nous écoutons ce qu'ont à dire les gens qui s'intéressent peu à eux-mêmes. Nous regardons la lumière du ciel. Nous essayons d'être attentifs au mystère, à la douleur et à la beauté du monde. Je crois bien que ça fait le tour de notre philosophie.

ÉPILOGUE
Automne 2021

C'est mon frère Enzo, venu l'autre jour vider en ma compagnie la dernière bouteille du cellier, qui a résumé le mieux la situation : « Je crois que tu as écrit notre histoire avec ton regard de poète, qui était aussi celui de papa, c'est-à-dire un regard qui perçoit surtout ce que la vie a de métaphorique. » C'est sans doute assez vrai. Vous ne vous défaites pas aussi aisément de votre imaginaire et de votre conscience si pleine de représentations non figuratives. Ce que je veux dire, c'est qu'à force de vivre au sein de cette famille, je n'ai pas appris à concevoir l'existence en termes normaux. Comme au temps d'autrefois, il faut toujours que le ciel dans mes phrases se déplace à l'aide d'engrenages et de poulies, que la forêt soit habillée de son trois-pièces vert, que du cœur humain monte un très léger bruit de moteur à balais, que la faucille de la lune découpe la nuit en tranches fines. On peut le dire : ce n'est pas avec une sensibilité et un esprit pareils que je remporterais le concours annuel de réalisme. Mais c'est tout ce dont je suis capable.

Zénon, qui seul chez lui s'ennuie parfois, est arrivé vers trois heures avec dans son panier tout ce qu'il fallait pour un casse-croûte en plein air. Alors nous sommes sortis tous les trois. Bien vite nos verres se sont entrechoqués, et quinze minutes plus tard l'ombre du grand chêne, peut-être elle aussi légèrement ivre, s'est mise à danser sur la large nappe blanche étalée sur l'herbe. À un moment mon petit frère a dit : « Oh, mais j'ai apporté ma collection ! » puis il a filé jusqu'à l'auto pour sortir sa grosse boîte du coffre. Pendant un quart d'heure nous avons pigé en riant dans les mille bouchons de bière Laurentide, Labatt 50, O'Keefe, Brador, Champlain et Dow, dont nous approvisionnait à l'époque le vieux fermier Bertin une fois ses bouteilles bien vidées. Ce n'était presque rien, et pourtant l'émotion nous étreignait en évoquant les images de ce passé si lointain. Et alors, parce que le temps avait passé si vite, nous n'avons plus rien dit et nous nous sommes contentés de sourire.

Le soir, les autres sont arrivés dans la Tesla de Zelda. Sur la terrasse, nos téléphones tendus vers le ciel, nous avons examiné à l'aide de l'application SkyView la position des objets célestes suspendus à quelque distance au-dessus de la maison. Dans les granges les vaches s'étaient tues, et à présent on devinait que les mères, pour ne pas troubler le sommeil des petits, évitaient de faire tinter la grosse cloche attachée à leur cou. Elliot, qui dans la journée avait bouturé chez lui quelques géraniums, avait encore les mains tachées de pollen. Arthur et Zelda, plus que nous autres, conservaient au fond du regard cette chétive lueur que le chagrin laisse parfois en partant. Bien entendu notre temps sur Terre était compté, et pour cette raison même nous aurions bien eu le droit de pleurer. Mais il suffisait d'orienter avec précision nos téléphones pour assister au spectacle émouvant et très consolateur des étoiles agitant leurs mimosas, de la lune en belle tenue de soirée tournoyant au passage de la station spatiale internationale. Doux Jésus ! Pourquoi ces choses toutes plus belles les unes que les autres sur notre chemin ?

Il est trop tard maintenant : tout est écrit, inchangeable, indiscutable, et il ne nous est pas possible d'engager le dialogue avec notre passé, de l'infléchir, ou de le redresser. Nous ne pouvons que l'examiner, et, les jours où nous en sommes capables, le juger. Mais ses fruits mûrs, qui en tombant au pied de nos vies ont enfoui une graine, facilitent aujourd'hui notre entrée dans l'avenir. Petit à petit, notre étonnement de jadis se transforme en un éblouissement grave et apaisé. Les cendres de nos parents éparpillées dans le vent léger, le fermier Bertin mort de chagrin en feuilletant ses albums de papillons, le bouc Ringo enterré là-bas derrière la petite remise, Dieu qui se pique les doigts en reprisant le ciel bleu, nos cœurs qui ne s'habituent à rien et persistent dans leur maladresse d'épagneul de trois mois, ces choses-là ne nous troublent plus autant. Et si, quant à moi, je remue plus souvent qu'avant certaines questions d'ordre métaphysique, ce n'est pas que je deviens sage ou moins irréfléchi, mais il faut bien de temps à autre poser des bornes sur le chemin. Quoi qu'il en soit, je n'entends plus rien : le beau vacarme de ma jeunesse s'est bel et bien tu. Mais le silence qui me parvient de l'avenir est plus beau encore. Il ressemble à celui que j'écoute, très tôt le matin, quand l'aube vient s'appuyer aux vitres de ma maison.

La lumière déjà n'est plus tout à fait la même. Depuis une semaine j'observe la nature enlever très doucement son vieux smoking olivâtre, celui avec des feuilles sur le col et une poche à l'intérieur. Je songe plus que d'habitude aux gens retenus on ne sait comment pour une affaire urgente dans la mort. Je revois en pensée, avec une tendresse plus profonde encore, notre père cultivant, après la mort de maman, sa « vie de contemplation ». Je m'émeus en me remémorant les quelques mots d'une extraordinaire simplicité gravés sur la petite stèle que nous avons aménagée pour eux, là-bas, au milieu des collines. Je relis pour la centième fois la une de ce petit supplément où on voit Dieu photographié sur le toit, les pieds dans le vide et s'apprêtant à sauter. Parce que la vie elle-même on dirait se simplifie, je n'emporte dans mon sac que ce qu'il faut de nourriture pour un homme d'un mètre quatre-vingt-trois avec un penchant pour la campagne. La nuit, quand je sors de la maison et lève les yeux vers les astres, je me demande : « Mais qui donc agite ainsi de ses doigts la surface du ciel ? » Puis je n'y pense plus parce que la beauté de ce ciel si mobile prend vite le dessus sur mon habitude de tout questionner.

Ensuite, sur la petite route poussiéreuse, je n'en suis pas sûr à cause de l'obscurité, mais je crois apercevoir dans les lointains Gaston Miron, mort pourtant le 14 décembre mille-neuf-cent-quatre-vingt-seize, qui à travers champs rentre du juvénat Mont-Sacré-Cœur de Granby. Puis les heures passent et soudain l'aurore arrive, et voilà qui est extraordinaire : je rencontre les apôtres Simon et André, l'un marchand de montres et l'autre de cigarettes trafiquées. Plus tard encore en longeant la prairie je m'aperçois que l'épais chuchotement des ruches a cessé et je me dis que cette fois c'est vrai, les vacances sont bien finies. Heureusement, j'ai toujours en tête ces mots prononcés pour moi le matin même : « Je n'ai besoin pour t'aimer que d'un bruit de pas dans l'allée et d'une joue posée sur la mienne. » Oui, heureusement, parce que déjà la lumière n'est plus tout à fait la même.

Si on veut résumer, nous sommes nés, et quelques années ont passé sans qu'aucune âme nous habite, sans doute parce que nos corps à cette étape n'en éprouvaient pas le besoin, le souvenir du néant qu'ils venaient de quitter étant encore relativement intact. Puis, un jour, nous avons senti que s'installait en nous une sorte de tendresse pensive, assez proche je dirais de celle qu'on devine, parfois, chez les bêtes de la forêt. Nous aurons vécu ainsi pendant quelques décennies, téléguidés par ce sentiment qu'il nous fallait, durant la courte parenthèse de la vie, orienter nos destins vers le soleil. Nous aurons multiplié dans nos existences les jours de bonheur, les sources de jubilation. Sauf exception nous nous comportions de notre mieux, nous nous efforcions dans nos rapports avec les gens d'adopter une attitude naturelle, sans artifices, et la seule mise en scène que nous connaissions était celle de la disposition des bûches pour le feu de camp. Depuis longtemps déjà, nous ne succombons plus guère à la tentation d'être différents de ce que nous sommes. La vieillesse nous permettra de parfaire ce plaisir très pur d'être soi-même. Les émotions troubles qui à intervalles réguliers nous traversaient, celles par exemple reliées à la possession ou à l'ambition, s'atténuent à mesure que s'éloignent les âges de l'extrême vitalité et de la vanité. Et nous découvrons, un peu tard c'est vrai, que la merveille est dans l'instant.

Comme tous les autres dans cette famille, je n'ai pas les qualités qu'il faut pour conclure aisément les choses. Mais ce que j'aimerais, c'est qu'on dise un jour de cette histoire que je viens d'écrire : Oh, ça n'était pas un récit palpitant et très de son temps, sarcastique ou nihiliste, raconté dans un style convulsif avec beaucoup de repères modernes. Mais il y avait là des gens qui vivaient de leur mieux les uns auprès des autres. C'étaient des personnes qui s'aimaient et qui aimaient s'asseoir à une table pour discuter de choses banales, de la maison, du potager, de la lumière du soir sur les collines, de musique, de littérature, de leur santé, de la vie et de la mort. Ça se passait au milieu d'un siècle voisin et cependant très différent de celui-ci, en un temps où il leur semblait plus important que jamais de s'intéresser à ces trucs démodés : la gentillesse, la hauteur de vues, l'humanisme. Ils songeaient à leur vie avec humour, ils s'appuyaient fermement sur leur passé, ils traversaient le temps présent en lisant un vieux traité de sagesse pour se donner du courage, ils croyaient en l'avenir, ils aimaient beaucoup se parler des événements qui les avaient influencés, de ceux qu'ils provoquaient pour faire encore un peu dévier leurs destins, des vies qu'ils n'avaient pas vécues. Ils se levaient quelquefois au milieu de la nuit pour se côtoyer car ils n'avaient pas sommeil. Il se faisait tard, souvent la raison d'être de leur présence en ce monde ne leur apparaissait plus si clairement mais ils continuaient à converser, et le soleil était couché, et le monde ne tournait pas toujours dans le bon sens, mais ils trouvaient toujours des choses à dire sur l'amour, la peine, la souffrance, la camaraderie et l'espoir. Ils ne tournaient jamais le dos à ceux qui ne pensaient pas comme eux, ils se disaient : ils ne sont pas différents de nous, ils n'ont qu'une histoire différente. Ils parlaient du bonheur sans être ennuyeux, et luttaient de toutes leurs forces contre cette tangente que prenait la société en faveur de l'amertume, du ressentiment, du mépris et de la violence morale, qu'ils considéraient comme les choses les plus inquiétantes qui soient. J'aimerais surtout qu'on dise de cette histoire à peine discernable parmi toutes les histoires disponibles qu'elle est si belle qu'elle semble inventée de toutes pièces. Pourtant tout en elle est vrai, si bien sûr on croit à la vérité de la poésie.

Sainte-Adèle (Québec), printemps 2023
Pour joindre l'auteur :
jfbeauchemin@aol.com

Le vent léger a été achevé d'imprimer en août 2023
sur les presses de l'imprimerie HLN, au Québec, Canada,
pour le compte des Éditions Québec Amérique.